天下炎黃

卷·6

炎黃天下

【大結局】

無極——著

人物簡介

天榜極品四大高手

扎木合

炎黃第一高手，徒有善名卻極其邪惡，後敗於許正陽之手，死於非命。

神妙

大林寺主持，炎黃第二高手，武功極高但品性卻一般，塵根未斷，終因害死許正陽兩位妻子而使大林寺步入萬劫無復之境。

蒼雲

炎黃第三高手，獨居東海，自創一門，武功之強已無人可比，後在勝許正陽與梁興二人後，感悟天道而去。

摩天

崑崙老道，炎黃天榜高手排行第四，為人陰險詭詐，卻死於許正陽之手。

人物簡介

五大極至風雲人物

許正陽

炎黃大陸殺戮最重的人，武功謀略天下無人可及，行事不依常規，多情又無情，野心極大，為鳳凰戰神之後人，被炎黃大陸的人稱之為噬血修羅。

梁興

許正陽此生最好的兄弟，同出一師，天下間唯一可以與許正陽爭鋒的絕頂高手，為許正陽統一炎黃大陸的最重要的幫手。

清林秀風

墨菲帝國的長公主，擁有絕世的美麗和智慧，更有著男兒般的壯志與雄心，許正陽此生最強大的敵人。

高飛

明月國六皇子，野心極大，兩次謀奪皇位卻都因遇許正陽而前功盡棄。其人才智過人，卻少了許正陽的運氣，雖是許正陽的敵人，卻極得許正陽欣賞。

南宮月

南宮飛雲之女，清麗絕倫，許正陽初戀之人，但因家族恩怨與許正陽有緣無份，最終出家為尼，其武功獨樹一幟，後為天下第三高手。

人物簡介

各國權臣榜

高權

飛天帝國的名將，卻是毀滅鳳凰軍團的主要負責人，後為許正陽擊成殘廢。

南宮飛雲

明月國第一上將，也是早期唯一的萬戶侯，崑崙弟子，多謀善用兵，但注定與許正陽成為對手，終死於沙場。

向寧

昔年鳳凰軍團的倖存者，明月國的一方王侯，擁兵數十萬，極忠心許正陽，南征北戰幾無敗績。

翁同

飛天太師，權欲極重，糊塗無能，一心排擠飛天重臣。

陸卓遠

拜神威帝國的名將，拜神威兵馬的大元帥，朝中支柱，被譽為有其存在一天，就不能有人用兵勝過拜神威，後死於清林秀風的詭計之下。

人物簡介

魔皇戰將榜

向南行、向北行、向東行、向西行

向家四虎，向寧的四個兒子，後為魔皇許正陽部下四名最為得力的戰將，各因軍功封王列侯。

黃夢傑

一代名將，文治武功足以定國安邦，更是魔皇手下水師最厲害的上將，本是飛天黃氏家族的人，但卻因被飛天滅門而改投於魔皇手下，高秋雨的表哥。

巫馬天勇

許正陽手下最得力的高手之一，有百萬大軍中取上將首級之能，魔皇的開國功臣之一。

子車侗

閃族之主，勇武過人，對夜叉梁興極其信服，率十數萬閃族鐵騎隨其征戰天下，立下無數功勞。

人物簡介

魔皇戰將榜

錢悅、傅翎

魔皇許正陽旗下的兩員虎將，足智多謀，凡魔皇所交任務，幾乎無失手記錄。

冷鏈

魔皇部下第一謀士，智深如海，膽識過人。

陳可卿

極為肥胖，忠肝義膽，對魔皇極其忠心，心智極深，極得許正陽所喜。

鍾離師

鍾離世家的新一代接班人，高才、多智，忠於許正陽，魔皇帝國的國師。

人物簡介

極品女人

高秋雨

高權之女，武功卓絕，聰慧過人，擁有美麗無雙的容貌，更有巾幗不讓鬚眉的豪氣，熟知兵法戰策，後為許正陽之妻，成為許正陽得力助手。

梅惜月

青衣樓主，艷冠天下，智深如海，許正陽最敬重的妻子，魔皇後宮之主，更是魔皇許正陽一統天下的最大功臣之一。

顏少卿

明月太子妃，其子後在許正陽的扶持下登基，榮登為皇太后，嬌艷無比，心智過人，卻深情至性。

鍾離華

鍾離師堂妹，鍾離世家的天之驕女，魔皇正妻之一，武功卓絕，膽識過人，美麗無雙，是能領百萬雄兵的天生將才，極得許正陽寵愛。

人物簡介

其他重要人物

天一、天風

亢龍山的高手，許正陽師叔，專為許正陽訓練殺手和衛隊，更為魔皇培養最恐怖的殺手和奸細。

蛇魔道人

許正陽之師，卻英年早逝，昔年武功天下無人可比，獨挑崑崙一派。

翁大江

翁同之子，心計狠毒，極其醜陋，無容人之量，典型世家子弟。

高占

明月國君，其人極有魄力，知人善用，力排眾議，讓許正陽與梁興建立起修羅和夜叉軍團。更收二人為義子，使其擁有無可比擬的榮耀。

鍾離宏

鍾離世家的長老，武功卓絕，一腔熱忱，對許正陽極其看好。

姬昂

飛天國君，其人昏庸無能，殘害忠良，淫亂朝綱，使飛天帝國在其手中走向衰落。

第一章　定天噩耗　013
第二章　暗夜激盪　042
第三章　破關之法　070
第四章　血戰王都　099
第五章　論劍清流　132
第六章　嗜血修羅　165
第七章　屠殺血令　188
第八章　焚城破關　217
第九章　一戰定國　252
第十章　天道永恆　272

第一章　定天噩耗

「啓稟皇上，定天府急件！」太監輕輕來到了門前，手中還拿著一封蓋著定天府金披火漆的信件。梁興走上前將信接過來，示意那太監退下，回到桌前，將信遞給我。

「你看吧，反正定天府的信件，一定是有關軍事上的，遲早還是要讓你知道！」

看著我在不停吃菜喝酒，梁興呵呵笑了，他坐下來打開了信件，臉色也越來越陰沉，面部肌肉也不住抽搐，半天沒有說話。

我看到他這副表情，不覺有些奇怪，笑著問道：「大哥，怎麼了？向叔父說些什麼？」

「是東行寫來的！」梁興一臉的陰沉，他看著我，神色有些凝重的說道。

我心裏一沉，有一種不好的預感升起，「出什麼事情了？」

梁興猶豫了一下，緩緩說道：「向寧歸天了！」

我手中的筷子啪地掉在了桌子上。我看著梁興，聲音微微有些顫抖，簡直不敢相信自己的耳朵，「大哥，你再說一遍？」

金鑾殿上與往日大有不同，沒有人出來說話，大殿上，文武兩班大臣都靜靜的看著我，他們在等待著我的發話。

「青州王向寧戰死於定天府，眾卿想來都已經知道了吧！」我冷冷地說道：「雖然定天府取得了大捷，但是朕失去了一個慈父般的長輩，朕心裏痛呀！朕寧可不要這所謂的大捷，也不願失去向王爺這樣的重臣！」說到這裏，我的心裏真的很痛，這種痛我已經有多年沒有品嘗到了，我陷入了沉默。

「皇上龍體保重，請皇上節哀！」殿上眾臣同聲高呼道。

我深深地吸了一口氣，穩定了一下心神，緩緩地說道：「向王爺是朕曾祖麾下的愛將，曾跟隨曾祖轉戰南北。而後來到明月，鎮守青州，保一方安寧。再後來，向王爺在東京與朕結識，效忠於朕，更將四子託付於朕，並幫助朕組建了修羅兵團。每每想起此事，朕對向王爺都感激不盡。如今向王爺為國而捐軀，做為我許氏一門的四代老臣，修羅帝國的開國元勳，他為了朕付出了一切。向王爺沒有辜負許氏一門，朕也不能辜負向王爺。朕宣布，封向王爺為忠勇親王，靈寢將建在許氏一族靈寢旁邊，長子向東行接任向王爺之位，任青州王。自今日起，青州永為向門封地，稅賦全免，王位世襲。次子向西行任定天府州牧，封五千戶侯，三子向南行封五千戶侯，協助向西行鎮守定天府；四子向北行，封五千戶侯，暫守定天府，聽候調遣。眾卿以為何？」

「萬歲聖明！」群臣再次高呼。

我閉上眼睛，腦海中思緒萬千。好半晌我才睜開眼睛，看著眾臣緩緩說道：

「自朕坐在這龍椅之上以後，才知道這治理天下的難處。得天下容易，治天下難！我帝國屢經戰火，多年以來已經是敗落不堪，百姓流離，土地荒蕪，國庫空虛，將士疲憊！朕本天心，順應民意，在這六年裏沒有妄動兵戈之事，所為者何？無非是為了讓百姓們能夠有一個安定的生活環境，不再受刀兵之苦！」

百官同聲高呼：「吾皇萬歲，萬歲，萬萬歲！」

「但是朕的這一番好意卻被他人誤解，以為朕好欺負、朕軟弱！墨菲屢次犯我疆土，對我帝國不斷進行騷擾。朕忍了！但是向王之死，朕無法再忍了！朕決定親統我帝國傾國之兵，御駕親征，一舉將墨菲掃平，以還我炎黃大陸清平世界！……」

「皇上，萬萬不可！」我話還沒有說完，自朝臣中站出一人，正是當年梁興曾極力向我推薦的開元府尹，翰林院大學士司馬子元！他站出朝班，向我恭聲說道：「聖上，此事萬萬不可呀！」

我一肚子的不高興。平時這司馬子元不愛說話，不過辦起事情來卻沒有半點拖泥帶水，說實話，我十分欣賞他的才幹，開元都城在他的治理下，不但人口激增數倍，繁榮無比，更成爲了炎黃大陸上最爲繁華的都城。若是說路不拾遺、夜不閉戶，未免有些誇張，但是自從司馬子元來到以後，開元大牢數年來空空如也，治安良好，成爲無數商家心中的一塊淨土。然而他此時突然在大殿反對我的意見，讓我實在有些難堪。

我強忍著怒氣，說道：「哦，子元有何異議？爲何萬萬不可？」

「陛下，我修羅帝國建國時間尚不長，正如陛下所說，之前我帝國國土之上連年征戰，土地荒蕪，百姓厭戰。如今雖然帝國經過了幾年的休養生息，國庫略微充足，民心也趨於穩定，但是短短的數年休養，尚不足讓我們的元氣恢復，所以臣斗膽建議，請皇上暫且不要輕易興兵，使數年的苦功付於流水！」司馬子元一字一頓，緩緩說道。

我的臉色此刻一定不好看，因爲我可以感受到大殿之上那緊張的氣氛。我看著司馬子元，沉聲說道：「子元只是因爲這些原因嗎？」

「正是！望陛下仔細考慮臣的意見，收回成命！」

「還有別的意見嗎？」我環視朝堂之上的大臣們，又問道。

鍾離師搶步出班，躬身向我一禮，大聲的說道：「聖上，臣有本奏！」

我點點頭，「鍾離請講！」

「陛下，臣不贊成此刻出兵！」鍾離師大聲說道，「我帝國興起數年，雖然說這些年風調雨順，國庫充足，但是臣以爲，此刻出兵有三大問題尚需解決！」

「哦？哪三大問題？」我饒有興趣地看著鍾離師。鍾離師曾經是我開國的元勳之臣，位列帝國左丞相一職，與張燕、梁興同爲我帝國的骨幹，即使在鍾離世家遭到我的無情殺戮之時，也沒有出言反對過我的意見。但是今天他也反對，我倒是很想聽聽他有什麼話講。

鍾離師沉吟了一下，朗聲的說道：「第一，我帝國東面尚有東瀛島國，不斷進行騷擾。雖然東瀛已經臣服於帝國，但是這個島國向來沒有信義，貪婪成性，難保它不生異心，一旦有風吹草動，勢必將會再次對我帝國發難。東瀛不除，臣以爲絕不可輕易的出兵！」

「那第二點呢？」我沒有發表意見，繼續問道。

「帝國初定，但是各國餘孽尚未死心，他們還有自己的勢力，如陀羅等國的王室尚在，他們雖然表面向聖上稱臣，但是內心想法卻未知曉，若是此時陛下出兵，那麼難保這些王室對帝國造成危機！」

「第三呢？」

「第三就是我帝國連年征戰，將士們消耗過大。雖然這些年不斷補充兵源，但是由於陛下新法，百姓們全力於農事之上，兵源並不充足，而且不論在戰力和軍事素質上，新兵都還沒有成熟，臣以爲我們還是加強對新兵的訓練，待到時機成熟後，再出兵不遲！」

鍾離師恭敬地將三條理由說出。

我看著鍾離師，突然笑了，「鍾離，朕不知道該怎樣來說你，你未免也太過於悲觀了吧！首先，我青州有黃夢傑元帥鎮守，穩如泰山，而且海上作戰，我帝國有誰能夠比黃元帥更加厲害？若東瀛出兵，黃元帥定然可以將他們擊潰於海上。所以朕不收拾東瀛已經是他們萬幸，他們又怎敢向我帝國用兵？」

我決定要一條一條地將鍾離師的論點駁回，於是耐心說道，「第二，各國餘孽大多都已經被我消滅，除了陀羅以外，只有安西姬家。這些年來，這些人對我帝國倒也是忠心耿耿，何來這叛亂之說？至於第三條，更是荒唐，鍾離也曾在兵團效力，當知道這兵不是靠練出來的，而是打出來的！你看看自古的驍勇兵將，又有誰是在兵營裏面訓練就可以所向無敵的？包括當年修羅兵團和夜叉兵團不都是在戰場上才成就了無敵的聲名！鍾離此話未免有失偏頗了！」

「這……」鍾離師想要再說什麼，但是一時間竟然無話可講，他看著我，嘴巴張了幾張，到了最後還是沒有說出話來。

朝堂上一時間安靜異常，但是我知道我的話並沒有讓許多人心服，因爲他們都在看著在我下首閉目沉默的梁興。梁興作爲帝國朝堂中，唯一能夠與我一起坐在大殿之上的欽命親王，此刻雙目緊閉，似乎已經睡著。其實所有的人都明白，他此刻正在仔細考慮我和鍾離師還有司馬子元的話。

「梁王不知道有什麼高見？」我知道這個時候，我必須要取得梁興的支持才行，做爲火鳳軍團的創始人之一，梁興和我一樣在朝堂上享有至高無上的權威。而且梁興平時大多是沉默寡言，但是每每能夠一語中的，他的態度將是我出兵的關鍵。

梁興沉聲說道：「陛下，本王以爲子元和鍾離兩人的話都有道理，而陛下所說的也是情理之中。墨菲一日不除，終究是我帝國大患，以本王之意，打一定要打！」他話語一出，頓時滿朝都騷動了起來，就連鍾離師等人也用無法相信的目光看著梁興，他們無法相信平日裏謹慎小心的梁興，爲何會贊成我的看法。

「不過……」梁興沉吟了一會兒，突然又說道：「陛下親自出征，這件事情未免有些不太穩妥。陛下乃是萬金之軀，更是我帝國命脈所在，不可輕動！依本王的意思，還是由本王率領一彪人馬前往定天府，兵臨死亡天塹，掃平墨菲帝國的為妙！」

「梁王所說甚是，若是陛下要出兵也可以，但是不需御駕親征，有梁王一人足矣！」梁興話音剛落，第一個回應的就是帝國的右丞相張燕。

我微微一皺眉頭，看著梁興和眾朝臣，突然開口問道：「梁王以為用兵方面，朕與梁王相比如何？」

「這，梁興不如陛下！」

「兩軍搏殺，取上將首級，朕一定無法和梁王相提並論了？」

「梁興不敢！」這一下，不但梁興，滿朝文武都沉默了。梁興此時已經站了起來，帶著惶恐的語氣回道，「陛下乃是天下第一高手，梁興怎能相比！」

「那麼在軍中威望，朕想來要差上一籌？」我步步緊逼地問道。

「陛下自從軍以來，屢戰屢勝，十年間無一敗績，將士們對陛下更是敬若神靈，梁興不敢相比！」

我臉色一沉，有些生氣地說道：「既然如此，為何朕就不可以御駕親征？朕不但要御駕親征，而且還要梁王你同我一起，你我合作多年，若是聯手一起，任他墨菲再強大，也不可能是我們的對手！」說著，我擺手制止鍾離師等人，接著說道：「眾位愛卿不要再說，朕主意已決，不容有半分變動。此次出征就由朕與梁王統兵，張丞相擔任隨軍軍師，鍾離丞相和子元駐守開元，每日奏摺快馬送至前線！其餘眾卿還是趕快處理各自事務吧！」說著，我站起身，朗聲說道：「發兵墨菲，此事已決，眾卿立刻著手此事，各項事務均向梁王請示，出兵日子朕另行通知，散朝！」

說完之後，我皇袍一甩，轉身離開了大殿，大殿上留下了一群議論紛紛的朝臣們。

我來到了御書房中，剛坐下，梁興緊跟在我的身後走了進來。我臉上露出笑容，我就知道他會跟著過來的，因為他並不同意我在大殿上最後的決議，我可以感覺得出來。一進門，梁興大步走到我的面前，他看著我，半晌後緩聲的說道：「阿陽，我還是不贊成你親自率兵前往定天府與墨菲交戰！」

我微微一愣，沒有想到梁興會這樣直接的將內心的話說出，一時間我也不知道應該怎樣回答。

「阿陽，這些年來，特別是你在扎木合死後，心中的傲慢越來越重，而且對於虛名的計較也比以前更加地看重。你我兩人一人出兵足矣，何必非要什麼御駕親征？阿陽，你仔細想想，這其中是否有些虛榮的心思在作怪？」

我長嘆一聲，久久沒有說話。梁興的話我無法反駁，仔細想想，自己確實是有那麼一絲的虛榮心在作怪。自從和扎木合一戰之後，我的生命中似乎突然失去了生存目標，我已成為天下第一高手，疆場上也沒有人能夠與我抗衡，生活美滿，三個老婆愛我至極，孩子也有了四個，還有一個在東海苦修的紅顏知己和我的兒子，我的一生早已達到了頂峰，再也沒有什麼可以讓我感到興趣的了！這次力主要御駕親征，究竟有多少是為向寧復仇的成分在內？我不清楚，我只是想去，想再次重溫當年在戰場縱橫的暢快感覺。

看到我久久不出聲，梁興也不禁長出一口氣，他緩聲的說道：「阿陽，一旦決定的事情很難有改變。我也不阻止你了！」他嘆了一口氣，突然聲音一肅，「不過在出兵之前，有一件事情必須做好，那就是要密令黃夢傑在青州一線嚴加防範，一旦東瀛意圖向我帝國不軌，擊殺東瀛於海面之上，萬不可讓他們登陸，否則勢必引起動盪。」

我點點頭，露出笑臉。就知道剛才那副愁眉苦臉的模樣打動了梁興，只要能讓我重上沙場，怎麼樣我都可以答應！

「還有，開元是我帝國根本，不可鬆弛！我建議還是選驍勇戰將與鍾離和子元共同鎮守，此人必須要在帝國有強大的聲譽和赫赫的戰功，否則無法鎮住局面。」

我想了一想，「大哥，你看鍾炎和仲玄兩位老王爺是否可以？」鍾炎和仲玄如今已經是七十多歲的高齡，兩人自我組建兵團以來，就跟隨我們兩人，在軍團中聲望之高，除向寧和梁興外，無人能夠比擬。不過兩人年事已高，目前都是在家中休養，很少過問朝中事務。我與梁興出征，開元城中此二人就是最爲合適的守將！

聽到鍾、仲兩位老將的名字，梁興的臉色稍稍舒緩下來。他點點頭，「嗯，若是這兩位老將軍，倒是可以讓我放心！文有鍾離和子元，武有鍾炎和仲玄，再加上其他的守將，開元城應該是無慮的！」

我們兩人相視一笑，端起身邊的茶杯。

梁興將茶杯放在嘴邊，突然停住，他看著我問道：「阿陽，那麼我們將如何收拾阿魯台呢？此人號稱是墨菲的名將，與向王也爭殺多年，未曾有過什麼敗績。如果不是此次墨菲朝廷有事將他調回，將鄭羊君調至前線，恐怕也不會有什麼定天府大捷一說了！」

我臉上露出十分詭秘的笑容，輕聲說道，「大哥，我知道這阿魯台小心謹慎，但是我已經有了破敵之策！」

「哦？」梁興被我的笑容引起了興趣，他看著我問道，「何等妙計？讓我也聽聽？」

「佛曰：不可說，不可說！」我故意賣了一個關子。

萬事具備，只欠東風！我在等待東風的到來！嘿嘿嘿……

在接下來的一個月裏，帝國龐大的戰爭機器開始運轉了！每天都有大批的物資和軍械向定天府發出，滿朝的文武官員也忙碌了起來。駐紮在開元城外的兩大兵團也開始整備，最為重要的是閃族也派出了十萬鐵騎，帶領閃族鐵騎的將領，是子車倜在這些年培養出來的閃族新一代將領，伯賞清源！

大軍會合一處，整日在開元城外的升平大草原上練兵。對外始終沒有顯露出大戰將臨的氣氛。開元城依舊是熱鬧非凡，但是還是有敏感的商人覺察到了一些不同尋常的氣息。而錢悅的父親錢岩，就是其中的一個。他透過錢悅的關係，向軍團推銷了大批的軍械裝備，也賺取了一大筆的利潤。畢竟是在初期跟隨我的將領，我對於這樣的事情也只是一笑了之，只要這批軍械不是次級品，對於即將大戰的帝國來說，向誰購買都是一樣。

我在御書房中正在和梁興商討與墨菲交戰的方針。阿魯台守定天府西南一線多年，對於當地的情況十分瞭解，不論是天時、地利、人和，都已經占了先機。而且此人不像我之前的其他對手，相比較起來更加謹慎，自他領兵以來，未曾聽說過有什麼敗績，在和陸卓遠的鏖戰中絲毫沒有落下風！

陸卓遠這個人不是一個簡單的人物，當初也曾經對我造成了很大的麻煩。如果不是一著失算，那麼當日在欲望平原究竟鹿死誰手，恐怕也很難說個清楚。不過好在他死了，如果他不死，恐怕當日梁興率軍南下，也不會那樣輕鬆地拿下了定天府。當年拜神威帝君哲爾頓臨死前，曾經悔恨地說自己是自毀長城，死得不冤！

而阿魯台在和陸卓遠的交鋒中沒有落到下風，甚至在後來與向寧的多次戰鬥中也沒有吃什麼虧。雖然我沒有親自和他打過交道，但是此人的厲害之處已經讓我不得不小心提防。如何擊退阿魯台在定天府西南苦心營造出來的西南防線，是我們出兵後的第一要務！

除此之外，還有在雲霧山的那道死亡天塹防線，也始終在我心中殘留著陰影。

對於阿魯台的西南防線，我心中已經有了破敵之策，梁興雖然多次向我詢問，我只是推說時機未到，還不成熟，不能透露。如今我和梁興的所有精力都放在了那死亡天塹上，不過，我還是可以看出梁興始終都留有疑惑的神情。

「主子！定天府向東行向王爺已經押著墨菲帝國的宰相鄭羊君來到了都城，如今正在午門外聽候主子的召見！」

「哈哈，東風來了！」聞聽這個消息，我拍案而起，笑著對梁興說道。

梁興先是一愣，頓時明白了我話中的意思，多日來一直困擾他心頭的疑惑解開，他也露出了釋然的笑容。

「丁銳，你立刻宣向王爺覲見，同時將鄭羊君收押內務府，好生照看，不可有半點的怠慢之處！還有，沒有我的旨意，任何人不得與鄭羊君交談，包括看守他的人也不可以，違令者斬！」我興奮地對丁銳說道。

我和梁興在書房中宣見了向東行，著實的安慰了向東行一番，同時將我在朝堂上的決定告訴了他，向東行感激涕零。之後，我又向他詢問了一些定天府的戰事，還有其他的一些情況，讓他先下去休息了。

向東行走後，我和梁興坐在御書房中對視了半晌。梁興方才說道：「阿陽，看來你胸中已經有了主意，阿魯台的西南防線已經不再成爲我們的威脅，但是，我們必須要考慮如何的打開死亡天塹這道防線，不然所有的準備都將是空談！」

我默不作聲，看著眼前的地圖，久久沉思。過了好半天，我抬起頭來，看著梁興說道：

「大哥，你也是征戰多年的老將了，應該知道打仗沒有什麼計畫好的事情，戰場上風雲突變，誰也不知道下一步會是怎樣的結果，所以我們只有走一步，算一步！死亡天塹建立至今已經有千年的歷史，在這千年之中，還沒有聽說過有人能夠真正的突破死亡天塹，這是一道門坎，邁過去，你我將是震驚天下的不世名將，邁不過去，你我也只能承認失敗的命運。當年高飛曾經提醒我的話，我至今仍記在心裏，但是我們看著地圖，是無法對這死亡天塹做出一個全面的認識，只有真正面臨這死亡天塹的時候，才能夠做出正確的判斷！」

「阿陽，時間！時間！時間呀！」梁興臉上有些憂慮，他沉聲的說道，「此次我們出兵，在於奇，在於速戰速決，帝國如今並不是固若金湯，若是我們在死亡天塹面前耽擱久了，帝國是否會出現問題，尚未可知。阿陽，我們拖不起呀！」

他說到這裏，停了一下，想了一想接著說道：「阿陽，你不要忘記，我們的對手除了阿魯台，還有一個清林秀風！當年清林秀風逃出了東京之後，就一直沒有消息。但是這個女人絕不可小視，只要一天不見到她的屍體，我的心裏一天就無法獲得真正的安寧，墨菲武有阿魯台，但是更有一個擅長於計謀的清林秀風，你我不得不防呀！」

是呀，我幾乎已經將這個女人忘記了！清林秀風的威脅甚至要超過了阿魯台，這個女人當日險些將我置於死地，若不是高正生前留下的棋子，和南宮月的突然到來，我真的此刻也許就已經化為了一堆白骨。自我登基以來，我曾全力的打探她的消息，但是清林秀風彷彿真的就像一抹輕煙一般的消失在茫茫的人海之中，雖然我調動了各方面的力量，卻沒有得到她半點的音訊，她是否還在人世？我疑惑了。

接下來的兩日裏，我全力處理出兵事宜，就在這個時候，數年沒有懷上子嗣的高秋雨突然懷上了孩子，這使我差點放棄了御駕親征的計畫。高秋雨是我最爲疼愛的妻子之一，多年來沒有懷上子嗣，使她心中始終有些不舒服，如今終於可以成爲母親，但是我卻又要遠離出征，這讓我心中有些慚愧！

不過，好戰的性格最終戰勝了那點柔情，我還是決定出兵，如今我能夠做的，就是要好好的陪伴她，然後速戰速決，不能夠讓小雨臨盆的時候我卻在千里之外。

深夜，我在丁銳的陪同下，悄悄的來到了內務府的監牢之中。聽丁銳說，這鄭羊君的性格著實倔強萬分，從定天府押送到開元的一路上，老頭不吃不喝，一句話也不說，全靠士卒們強行灌食，才活到了現在。被關進了內務府以後更是如此，用丁銳的話說，就是伺候他比伺候老子還要麻煩！

我聽了以後笑了一笑，我明白鄭羊君抱著什麼樣的心理。鄭羊君是墨菲三十多年的丞相了，除了掌管朝中的大小事情以外，也時不時的領兵出征。他打敗過大宛氏和拜神威、安南的聯軍，也有著赫赫的戰功。在墨菲帝國，他鄭羊君也算得上一個文武兼備的人物，能夠與天下第一高手之稱的扎木合並稱墨菲的兩大支柱，排名甚至在阿魯台之前，說明他並不是浪得虛名！

鄭羊君一生有兩次敗陣，一次是率兵出死亡天塹，被陸卓遠在大宛氏國都大敗，喪失了墨菲六萬精兵，退回死亡天塹；再就是這一次定天府之戰，竟然被活捉生擒，莫名其妙地做了我帝國的俘虜。老傢伙已經六十多歲了，想是自感定天府一戰，一世英名都付之流水，羞憤交加，所以不吃飯，不喝水，他這是要餓死自己，渴死自己！

不過，連續多日地自我折磨，雖然有人對他強行灌食，但依然是他衰老的身體無法承受的。當我走進他的房間，他已經蒼白乾枯得在草席上氣息奄奄，看到我從外面走進來，他連眼睛都沒有眨一下。

「鄭羊丞相，許正陽有禮了！」我恭敬地向蜷縮在床榻上一角的鄭羊君深深的一躬。

鄭羊君嘴唇動了動，沒有發出聲音。他閉上了眼睛，既沒有坐起來，也沒有開口應答。我想他是不知道應該怎樣來回答我，或者，從來沒有在這樣的場合之下和人說過話。

「鄭羊老兒，敢對我帝國國君如此無禮，咱家當讓你嘗嘗這內務府一百零八種刑罰，看你還敢如此！」

我擺手制止丁銳，讓那幾個太監出去。看著鄭羊君，對這個倔強的老頭倒是生出了幾分敬重。我拱手向鄭羊君說道：

「鄭羊丞相，請勿爲定天府之戰而感到羞愧。自古不以成敗論英雄，鄭羊丞相在墨菲多年，將墨菲從一個蠻荒小國治理成爲今日的西陲霸主，又豈能夠磨滅？」

我的話讓鄭羊君睜開了眼睛，我從他的眼中看到了一絲驕傲。死老頭，如果不是要用你，我才懶得理你這許多。這拍馬的功夫，又豈是你這樣冥頑的傢伙能承受得起的？我心中冷笑著，接著說道：

「其實定天府一戰，我們誰也沒有勝利。老丞相您雖然被擒，跟隨朕多年，被朕視爲父親的向寧向王爺也被你軍冷箭所傷而逝。認真的說起來，墨菲帝國在此役之中還是占了上風，老丞相還是略勝一籌呀！」

鄭羊君不禁驚訝得睜大了眼睛，「向寧死了？」他失聲問道。我知道在他的心目中，與向寧多次交手，他也已經把向寧當成了一個令人生畏的勁敵。他的聲音中帶著一絲歡愉，眼睛裏面也有了一些精氣神。

我點點頭。

鄭羊君突然大笑了起來。好半天，他停住了笑聲，看著我冷聲的說道：「既然向寧已經死了，鄭羊君就算是死了，也是死得其所！心中再無遺憾。好吧，鄭羊君的人頭在此，何時開刀？」

我不禁笑了，看來他還是誤會了我的意思。我笑了笑，沉聲的說道：

「老丞相此言差矣，許正陽不殺你。不但不殺你，而且還送你回到墨菲！」

「許正陽，你休要嘲弄老夫。你修羅凶名響徹炎黃大陸，你放我回去？嘿嘿，說這話恐怕你自己都不相信！士可殺，不可辱！來來來，許正陽，鄭羊君這顆老頭顱在這裏，不要再開玩笑……」鄭羊君不由得哈哈大笑起來。

我真的這麼可怕？我自己都有些懷疑，唉，戲還是要唱呀！於是我正色的說道，「許正陽何敢輕辱前輩？放老丞相回歸墨菲，乃是許正陽一片苦心。自我帝國建立後，墨菲和修羅兩國從未停息過戰爭。多年激戰，生民塗炭，死傷無算。許正陽身為國君，想的是如何讓我帝國子民安居耕牧，不是激戰不休。所以朕想借此機會，透過老丞相向墨菲朝堂表明朕的誠意。朕素知老丞相深明大義，當不會拒絕朕的這番苦心吧！」

鄭羊君仔細的打量著我，此刻我神色肅然，一臉的正氣。好半天他開口道：

「陛下的這份真誠，老朽感受到了，讓老朽敬佩！說實話，老朽也不贊成這樣與貴國交戰不停。我墨菲連年交戰，再加上這些年天災人禍，國力已經不如以前。你我兩國都需要好好的休養一番才是正理！只是皇姑多次反對老朽的意見，國君也傾向於皇姑的意思，所以你我兩國連年的戰爭，實在非是老朽心中所想。今日陛下既然如此真誠，老朽信了。老朽回國後當向國君請奏，兩國歇兵休戰，只是這疆界如何劃分？」

真是一個老狐狸，到這個時候還不忘記謀取利益，操！我心裏暗暗的罵道。但是臉上卻露出真摯的笑容，和聲的說道：

「這個問題朕也考慮了多時，墨菲多年被積壓在西南一隅，實在也是難過，不如這樣，我們就以定天府爲界限如何？」

「怎樣以定天府爲界？」鄭羊君步步緊逼。

「我國軍馬讓出定天府，由貴國佔領，我們將在定天府以北一百里建立防線，你我兩國就以定天府以北五十里爲界，互不侵犯，世代友好如何？」其實我想，鄭羊君也明白所謂的世代友好不過是一句場面的話，也許用不了多久，我們兩國一旦國力恢復，這戰火必然會重新燃起。

「這……」鄭羊君顯然被我的條件所吸引，他雙眼放光，沉思了起來。過了一會兒，鄭羊君抬起頭詢問道：「不知道陛下多久能夠讓出這定天府？」

「哦，這個簡單，朕估計丞相回國後，還需要一些時間來向貴國的國君說明情況。

而朕要建立起定天府的防線也需要一些時間。不如這樣，你我就以五個月的時間為期限，五個月後，朕的兵馬退出定天府，老丞相可以安排人員前來接防，如何？」

「好！一言為定！」鄭羊君笑著說道，「不知陛下何時放老朽離開？」

「老丞相隨時都可以離開！」我也笑了，這個老狐狸拿到了好處，笑起來也很是燦爛呀！

我忍不住打趣道：「不過在這之前，老丞相最好還是多吃些東西，不然路途遙遠，一路顛簸，老丞相的身體恐怕無法支持呀！」

鄭羊君聽了我的打趣，蒼白的老臉上也不禁有些紅潤，也笑了起來。

任務完成！我轉身對丁銳說道，「丁總管，好生的照看老丞相，不可有半點的怠慢！」

「奴才明白！」丁銳躬身說道。

「那麼老丞相多休息！五日後，朕派遣朕的五千禁衛軍親自送老丞相回國！」說罷，我轉身就要離去。

「多謝陛下的厚愛！」鄭羊君在我身後說道。

嘿嘿，厚愛？老傢伙，你馬上就知道朕到底有多愛你了！我冷笑著大步離開。

我化裝成一個普通的士兵，臉上塗著一層灰土，手中抓著一支長槍，跟隨在人群之中緩緩地向定天府進發。

我和梁興等人整整爭論了一晚，最後大家無法改變我的主意，我最終成了一名護送鄭羊君的普通士兵。按照我的計畫，我將偷偷到達定天府，秘密的集合向家兄弟，一面在定天府以北假意修建城寨，另一方面整備兵馬，準備與墨菲帝國的交戰。

同時，梁興在開元秘密將駐紮在欲望平原的部隊向定天府開拔，梁興本人將在兩個月後率領著開元大軍向蘭婆江一線集結，美其名曰：換防！在開元城，我抱病在床，不再上朝，這樣做是爲了掩人耳目。讓我交出定天府，我腦子還正常！定天府關係整個江南的命運，控制了定天府，等於佔據了整個江南的心臟，憑藉定天府的屏障，大半個江南就等同於落於手中。當年梁興向定天府狂野攻擊，所爲的就是要搶佔這個戰略要地。

沒有人發現我的蹤跡，我一路上儘量隱藏。我此次秘密出行，甚至連護送鄭羊君的將領都不知道，所有的一切都是在秘密進行，除了梁興、鍾離師、張燕之外，就只有梅惜月三人知曉。如今滿朝文武恐怕都還被我蒙在鼓裏，想到這裏，我心裏就覺得有些得意。

憋了好些年，突然出來，好像有種放風的感覺。嘿嘿，雖然軍營中軍紀森嚴，但是我卻感到是那樣的親切，這才是我的生活！我對自己說道。皇城對我來說，不過是一個將我束縛的鳥籠，率領大軍縱橫沙場才是我的宿命。雖然我如今的身分是一個小兵，呵呵，每天睡在冰冷的地面上，聽任別人呼來喝去，不過卻讓我感到整個人都活了起來！

兩個月的急行軍，看來鄭羊君是想早些趕回墨菲，於是我們這些做小兵的也要日夜兼程。穿過了天京，越過了蘭瑙山，在欲望平原上奔馳，跨過了蘭婆江，我們終於來到了定天府。匆匆的和鎮守定天府的州牧向西行打了一個招呼，鄭羊君也不停留，向墨菲的軍營疾馳而去。

我跨坐著一匹戰馬，混雜在士兵之中，看著漸漸消失背影的鄭羊君，突然笑了！一切都在我的控制之中。

不過，看來我要好好地安撫向家兄弟一下，因爲我看到他們的臉色十分不好。這個是當然的事情，看著自己的殺父仇人離去卻沒有半點的主意，任是誰的心情都不會好的。我親眼看到向北行幾次將幾乎要瘋狂的向南行強行按住，但是他的眼中依然有著無盡的悲憤！

當夜，護衛鄭羊君的人馬按照先前的指示併入了定天府的統轄，我跟在一幫人的後面進入了定天府的軍營之中。我決定要在今夜去拜訪一下向家兄弟，然後我要離開這軍營之中，畢竟我的目的已經達到，我已經神不知鬼不覺的到了定天府。

將同帳的士兵點了睡穴，我換上了一身黑色的夜行衣，繞過了守衛森嚴的警衛，悄悄的潛出了大營。此時，定天府的城門已經關閉，但是城頭之上依舊是燈火通明，不時有衛兵在城頭上走動著。

我展開身法，提氣將身體拔高於百丈之上的夜空中，如同一頭夜鷺一般掠過城牆，晃過了守衛，來到了定天府城中。這是我第一次來到定天府，白天也沒有能夠進城，我不知道帥府究竟座落在何處。偌大的定天府中，讓我一時間失去了方向。

如同是黑夜中的幽靈一般，我穿梭於大街小巷之中，凡是府門高大、氣派非凡的府邸，我統統進去探查，但是都沒有找到帥府。倒是看到了許多不應該看到的事情！我呸！想我一國帝王，卻要像個賊一樣偷偷摸摸，說出去又有誰會相信。我站在一座院牆的陰影中，心中在咒罵著：該死的向家兄弟，你們究竟將帥府安排在了什麼地方？當日拜神威的皇城被梁興一把火燒了，但是你們也不會沒有帥府辦公吧！想到這裏，我靠在牆上長嘆一口氣。

已經過了丑時，若是再找不到帥府，那我天亮之後就真的是無處可去了！想想就覺得有些可笑。

就在我舉目茫然之時，突然從背後的院內傳來一陣梆子響，和大批人員的走動聲，其間更有輕微的兵器的碰撞聲音。我下意識地向身後的院落看了一看，心中不由得一動，這麼晚了還有這樣大批的人員走動，莫非這裏就是？

扶搖而起，我飄然來到了院落之中。院內不大，一片漆黑，只有少數的幾個房間還點著燈火。我化作黑暗中的一抹輕煙，來回的尋找著。我已經肯定這裏就是定天府的帥府，從那些來回走動的軍士，外鬆內緊的戒備，應該是不會錯的！

悄然來到後院，正中的一間大房子中依舊是燈火通明。遠遠的，我就聽到了向南行那粗豪的聲音和飄來的濃郁酒氣。

「爲什麼要放了那老東西？難道父親就白白死掉！我真的是不明白國君如今是怎樣的想法，不服，就是不服呀！」

「三哥，你有什麼不服？難道你還不相信國君？我相信聖上肯定另有打算，我有一種預感，要不了多久……」

「什麼打算？聖上自從登基大寶之後，數年間不談論軍事，使得我們困守於定天府一線。父親這麼多年幾次突進，但是都沒有成功，這其中也有聖上的命令，這難道就是……」

我不禁笑了，看來向南行的反應很大呀！我飄向大廳，笑著說道：「難道什麼？爲何不繼續說下去？」

屋裏面燈火通明，向南行的臉頰通紅，顯然是喝得不少。而向西行和向北行兩人則還有些冷靜。聽到聲音，兩人同時向我看來，卻不禁呆愣在當場。

我笑著走進房間，負手站立在門前，「怎麼？也不請朕坐下，難道不歡迎朕的到來嗎？」

「參見陛下！」

我笑著將他們扶起，然後坐在房中的大椅上。看著他們拘束的樣子，我覺得有些好笑：「呵呵，怎麼都不說話了？剛才三哥不是還在說嗎，繼續呀！」

「臣該死，臣不該妄論陛下的國策，請皇上治罪！」沒有想到我一句話卻讓他們三兄弟臉色大變，同時跪倒在地，恭聲的說道。

「你我兄弟當年一起打江山，一起創建了名震炎黃的修羅兵團，那時我們何等的快活！」我緩緩地說道，「但是現在，你看看我們，那裏有半點當日的兄弟之情？」

「皇上……」向西行張口想要說什麼。

我擺手制止了他，輕聲說道：「我也知道你們心中有些不快，向叔父對我而言，就像我的父親一樣，我何嘗不想爲他報仇？但是叔父最希望的是我們能夠將炎黃統一，而不是簡單地殺一人來報仇！我也很想殺了鄭羊君，但是鄭羊君卻是我們攻破墨菲西南防線的一個重要棋子，我不能殺，不但不能殺，還要將他放了！我也曾爲此而矛盾多時，最後，我還是決定將他放了。二哥、三哥還有北行，正陽如今不僅僅是你們的兄弟，更是一國的君主，我要考慮的是我們整個帝國呀！」

聽了我的話，向家三兄弟沒有再多說什麼，他們都仔細思考著我剛才的話。過了一會兒，向西行緩緩說道：「向二明白了！主公是要對墨菲用兵？」

我笑著點點頭，頓時屋中一陣歡笑聲響起！我連忙將手指放在嘴邊，並示意向北行留意門外的動靜，這才接著說道：

「自我接到了叔父的噩耗之後，我就已經有了對墨菲動兵的想法。我們要讓墨菲放鬆對我們的戒備，所以我必須要放了鄭羊君。如今梁大哥已經開始向蘭婆江集結，此次我們將和墨菲一決勝負！」

「主公！」向家三兄弟臉上露出慚愧的神情，想來他們已經瞭解了我此次秘密前來的目的。

我笑了笑，走到了他們身前，伸手將他們三人攏在一起，壓低聲音說道：「此次我化裝成一個士兵前來，一來是要為你們解去心中的死結，二來就是要安排如何與墨菲作戰的計畫！自明日起，你們要開始準備在定天府以北一百里的地方修築工事，記住，要聲勢浩大，同時準備集結兵馬於城外，聽候我的命令！」

「末將明白！」向家三兄弟激動地說道。但是似乎有些不太習慣我這種說話方式，向西行動了動肩膀。

我笑著拍了拍他，然後繼續說道：「關於我來到定天府的消息，不得洩漏。我突然在軍營失蹤，一定會驚動軍營的守將，向三哥，你立刻去和軍營的主將說明，不要將這件事情聲張，怎麼說我想你一定明白！」

「末將遵命！」向南行對我拱手說道，「末將立刻就去！」說完，他大步走出了房中。

我點點頭，又從懷中取出一封信件，交在了向西行的手中，「二哥，你立刻按照我信中所寫去辦，不但要辦好，而且還要秘密！」

「是，末將立刻去辦！」

我拍了拍向北行的肩膀，「呵呵，至於北行，你就留守在帥府之中，做好這個協調人！」說著，我忍不住打了一個哈欠，笑著說道：「那個該死的老山羊，一個勁催促趕路，可把我累壞了，今夜我要好好睡上一覺。呵呵，北行就留下來陪我說說話好了！」

「是！」

我看著他們，突然又問道，「對了，剛才向三說我什麼？」

「老三是一時酒後醉話，主公莫要往心裏去！」

我不禁大笑了起來，「好了，我又不是要責怪他！你們不說，那就算了，這以後就要看你們的表現了！」說著，我又坐在了桌前，端起酒桌上的一杯酒，一飲而盡，笑著說道，「來，讓我們今日先乾上一杯，爲了我們的勝利！」

第二章　暗流激盪

梵音嫋嫋，空氣中瀰漫著一股淡淡的檀香氣息。佛堂之中隱隱傳來陣陣木魚聲，一切都顯得是那樣的祥和與寧靜！

一間昏暗的禪房中，兩個人影面對面的坐著，一個身材高大，一個卻顯得有些纖弱。沒有人說話，將這小小的禪房籠罩上了一層詭異的氣息。

許久之後，一個蒼老的聲音響起：「……殿下的來意老衲知道了，只是這其中還有許多困難！其實這些年來，老衲始終沒有放棄，但是對頭的勢力越來越大，老衲也無可奈何！三年前，老衲前去看望老主，老主對老衲說道，大勢已去，若明知不可爲而爲之，是不智。老衲還能說什麼呢？」

沉默了一會兒，一個清雅悅耳的聲音響起，「本宮如何不知道大師的苦處？只是大師這樣沉默，恐怕也不是一個辦法。當年大師多次和那人作對，甚至派人圍殺，這其中的仇恨恐怕不是容易忘記的！那個時候他沒有與大師作對，更多的原因是在於有您的師侄在維護，但是現在，您的師侄已經歸天，大師能夠保證他不對您下手？」

「老衲何嘗不知道這些事情？但是我寺中命脈控於他的手中，他若是要滅我寺，猶如捏死一隻螞蟻那樣的簡單。我寺中千名弟子的性命在老衲一念之間，處理不當，數百年的基業就要毀於一旦，老衲不得不小心呀！」

那清雅的聲音也陷入了沉默，她知道面前的老僧所說的一點不假，她手中還有一張王牌，但是卻不知道是否應該告訴這個老和尚。停了一會兒，她說道：

「大師對本宮如此的坦誠，那麼本宮也不再隱瞞大師。本宮已經秘密和東瀛聯絡，他們將協助我們行事，不知道大師還有什麼疑問？」

「哦？這樣呀……」蒼老的聲音復又響起，「東瀛距目的地尚有千里之遙，先不說首先青州有黃夢傑的鎮守，如金湯般堅固。就算是突破青州，一路關隘重重，想要殺到那裏也不是一件簡單的事情吧！」

「呵呵，這個大師請放心，他們會在兩個月之後出現。只是聽說從狼胥山一線有不少大師的弟子在那裏就職，若是大師能夠幫助一二，大事成矣！」

「哦？哈哈哈，老衲明白了！殿下放心，若是如殿下所說，老衲必然鼎立相助！」

他停頓了一下，聲音又變得有些憂慮了，「不過那人的功力高絕，還有一個夜叉不下於他，手下一幫能人，即使東瀛殺到，又如何撼動他半分？」

「這個大師放心。那個人現在很可能已經不在開元，夜叉也已經領兵出征，如今的開元兵力空虛，只有幾個人物比較棘手。但是他們在大師的手下當然不算什麼！嘿嘿，若是我們將開元打下，等於狠狠地打擊了他的氣焰，增強我們盟友的信心！只要北部一亂，他必然回兵救援，那個時候你我夾擊之下，即使他的功力再高，也無法扭轉這大亂之局！」

「哦？殿下怎麼知道他不在開元？」

「本宮和他打交道也不是一年兩年的事情，對他的瞭解可以說超過任何人！此人生性好戰，讓他整日無所事事，他心中怎能不急？此次大好的機會，他可以借機攻破西南防線，嘿嘿，老山羊急於挽回面子，必然輕敵急進。我已經暗令阿元帥在雲霧四關嚴密監視，他想要越過死亡天塹，勢比登天還難！」她停了一下，接著說道：「修羅奇詭，他最喜歡玩一些小把戲掩人耳目，開元已經有月餘沒有看到他上朝，嘿嘿，按照他的脾氣，一定又是偷偷前往前線！這樣的把戲玩一次足矣，他卻是樂此不疲，能騙過別人，可是又怎麼能夠騙過本宮？嘿嘿嘿……」

「嗯，如此甚好，老衲也就放心了！」蒼老聲音語氣一轉，「呵呵，不過，老衲幫助殿下，可是冒著天大的風險，一個不好，百年的基業毀在老衲之手，老衲就成了千古的罪人。所以老衲還想請教殿下，我寺中又有什麼好處呢？」

「成功之後，我天朝國師一職又如何逃出大師手中？若是本宮能夠借此機會成就大事，那麼貴寺勢必成爲我天朝護國寺，永享富貴，雄霸江湖了！呵呵……」

「嗯，那麼就讓我們擊掌爲誓！」

「好！」

北方大陸尙是被寒風籠罩，但是江南卻已經是春風拂綠大地，一派盎然景象。我走在帥府的後花園中，閉著眼睛，享受和煦的春風吹拂著我的面孔。心中好生愜意，一呼一息間也充滿了歡愉！

陸非跟在我的身後。他在一個月前來到了定天府與我會合，同時帶來了一個絕好的消息：由鄧鴻和楊琪主持的神機府在年前秘密地研究出了一種神奇的武器，利用硝石、硫磺等物品製作成飛磷彈，以神機筒發射，一筒可以發射出十枚飛磷彈，威力強大。此次陸非爲我帶來了兩管飛磷彈，說是讓我決定是否大量生產。

我沒有試驗這飛磷彈到底有些什麼樣的威力，但是我相信楊琪和鄧鴻兩人的本事，這飛磷彈一定也是威力強大的武器。不過，如今我沒有時間考慮這個問題，對我來說，突破墨菲的西南防線已經迫在眉睫，我要考慮的是下一步的計畫！

梁興在兩個月前已經率領五十萬大軍陳兵蘭婆江，並且不斷的秘密向定天府集結，兩個月來，定天府以北百里的地方，已經秘密地駐紮了近二十萬大軍，加上定天府原有的十萬人馬，如今我手中已經有三十萬人馬可以調動。這讓我安心了不少，我可以以這樣的兵力來不斷地進行攻擊，墨菲的西南防線已經有一半落在我的手中！

還有一半，就是看在五天後，也就是我和鄭羊君約定換防的日子，墨菲的大軍是否會落入我的圈套。還有五天，我就可以實現我心中的計畫，但是一直到現在，鄭羊君始終沒有和我聯繫過，我心中也不禁有些忐忑！

跟在我身後的陸非一直都在沉默不語，他只是靜靜地跟在我的身後。

「主公！」一陣匆匆的腳步聲驚擾了我。扭頭看去，只見向家三兄弟從花園外走了進來，「主公，墨菲有信使前來，鄭羊君說在五天之後，和我們換防定天府！」

我聞聽不由大喜，看來那一半的西南防線也已經落入了我的手中！我走上前去，從向西行手中接過信件，認真地閱讀了一遍。鄭羊君的來信很簡單，只是說按照與我的約定，在五天後，墨菲將接管定天府！請向西行等人按時撤出，他將親領大軍前來換防。

「怎麼是他來？阿魯台呢？」我看完了信件，不由得疑惑地看著向西行問道。

「這個末將也問了那信使，他說鄭羊君在一個月前持墨菲的兵符接管了西南防線，阿魯台由於身體有恙，所以回墨菲的都城養病！」

「哦？阿魯台身體有恙？」我心中不由得一動，緊接著問道，「那麼這個消息是否可靠？」

「還沒有查實！據那個信使所說，此次阿魯台換防十分突然，而且十分秘密。其中的原因他也不是很清楚，末將想，主要是爲了防範我們。」向西行恭敬地回答道。

我沉思了一會兒，突然抬起頭來，「馬上給我查明此事，讓信使在定天府停留一天。明天此時給我準確消息！」

「遵命！」向家三兄弟拱手退下。

我拿著這封信件，心中不斷的思索著。

「師父，難道有什麼不對？」陸非站在我身後突然問道。

我笑了笑，「不知道，義父只是覺得很奇怪。但是卻說不出哪裡不對！阿魯台才是義父心中的大敵，相較而言，鄭羊君不過是一個跳樑小丑，對我無關痛癢。若是此次換防能夠將阿魯台順勢殲滅，那麼我們攻擊墨菲的時候將會輕鬆許多！」說到這裏，我語氣一變，呵呵地說道，「不過，如果阿魯台真的離開了西南防線，那麼我們的計畫實施將會更加順利。嘿嘿，不論怎樣，我們還是先將鄭羊君收拾了再說！」

「弟子明白了！」陸非點頭笑道。

當晚，我收到了探馬的回報：阿魯台已經在十五天前離開了西南防線的墨菲軍營，此事千真萬確！我不禁有些悵然，一直都想見識一下這個墨菲大將的風采，沒有想到卻……

但是我沒有猶豫，命令向西行給鄭羊君一個回覆，我立刻召集定天府的眾將帥府聽令。直到這時，軍團的將領才知道我已經來到了定天府數月。看著他們吃驚的面孔，我不禁也有些得意。

我先將整個計畫告訴了廳中的眾將。不出我所料，我的話音剛落，廳中眾將臉上立刻露出了燦爛的笑容，他們神情激動地看著我，等待我的下一步指示。

「各位將軍，整個計畫大家都已經有了一個瞭解。五天之後，我們將要與墨菲再次較量，此次的較量，將會讓我們的火鳳戰旗直抵墨菲！但是在這之前，我們需要隱忍，只有五天的時間，我們只需要忍五天就可以了！」

「聖上，只要能讓我殺敵，不要說五天，就是五十天也可以！」

「向三將軍放心，此仗少不了你麒麟軍衝鋒陷陣！」我停頓了一下，頓時大廳中笑聲立刻止住，所有的人都在看著我。

我點點頭，沉聲說道：「自明日起，各部向北方緩緩退守。向北行、向南行兩位將軍各守側翼，在兩天後，率領主力向墨菲西南防線快速潛行，待五日後定天府火起，同時發動攻擊！」

「末將遵命！」

「向二將軍安排本部主力埋伏城中，多備引火之物，待五日後鄭羊君前來接防，看城頭響鈴箭起，立刻放火！」

「遵命！」

我又一次環視廳中眾將，沉聲說道：「各位將軍，帝國新的時代就要開始了。朕在七日前已經密令定天府北面駐軍，在五日後開始發動攻擊！各部一旦開始攻擊，要連續不斷地打擊墨菲殘部，務求一次全殲墨菲西南一線守軍！整個攻擊將持續二十天，所以各位將軍要做好準備，這一次將是一次持久戰，務求在三月六日前陳兵死亡天塹！朕將親自率兵督戰，凡貽誤戰機，舉足不前，擅自停止進攻者，殺！」

「吾皇萬歲，萬歲，萬萬歲！」眾將同時跪拜在我面前，口中高呼道。

我笑了，此刻，我的心中充滿了自信！死亡天塹，我來了……

鄭羊君騎在一匹棗紅色的馬上，他驕傲地昂著頭率領墨菲大軍向定天府行進。此刻，他心中得意非凡，雖然上次他在定天府外慘遭失敗，但是，他卻將這恥辱變成了一個天大的功勞：爭奪數年的定天府竟然不費吹灰之力拿了下來！這簡直是上天對自己的眷顧。想到這裏，他心中就不由得更加得意。

回到墨菲的王都——西京，鄭羊君當然不會說這件事情是修羅帝國帝君許正陽的意思。爲了說服眾人，他將自己塑造成了一個頂天立地的英雄。他告訴人們，當他面對修羅的恐嚇絲毫沒有懼色，而且還大聲地斥責許正陽的背信棄義，在他的感召之下，修羅終於同意了放棄定天府！

多年的征戰，又逢兩年來顆粒無收，所以墨菲的國力已經不比以前，舉國上下都無心再戰。只是礙於自出兵死亡天塹之後毫無斬獲，朝廷無法向國民交代，所以一直舉棋不定。如今鄭羊君帶來了如此的好消息，朝廷也就順勢下臺，宣布停戰，同時將阿魯台調回王都西京，由鄭羊君總領三軍，負責接收定天府一事。鄭羊君又如何能不高興？想帝國百年來無人能夠佔領定天府，而今不費一兵一卒就拿下，這是何等的成就！想到這裏，鄭羊君就不禁臉上露出微笑。

此次回到西京，一切的事情都出奇順利，這也是讓鄭羊君始終無法猜透的。首先，由於主戰最爲迫切的皇姑清林秀風恰好不在，使得自己的建議一提出，沒有受到任何的阻礙；第二，在與阿魯台交接之時，一向狂傲的阿魯台出奇地合作，沒有任何地爲難，直接交出了兵符，並向西京趕。每每想到這些，鄭羊君就覺得有些奇怪。不過，急於挽回顏面的他沒有多考慮，急急地接受了兵符之後，就開始著手接收定天府的事宜。不過出於謹慎，他此次只帶了主力十萬西羌騎兵前來，而其他的部隊依然駐紮在大營之中，爲的就是以防萬一！

「丞相，前面就是定天府了！」一名親兵對鄭羊君提醒道。

鄭羊君手搭涼棚向前看去，定天府安靜的坐落在前方，那高大的城牆隱約可見，他心中不由得湧起一陣狂喜，手中馬鞭一指，「傳令三軍，加快速度，向定天府推進！」

定天府內外一片安靜，四周靜悄悄的，沒有半點聲音。城頭上也不見一個人影，修羅帝國的火鳳戰旗已經撤了下來，城門洞開，沒有一個衛兵把守。鄭羊君心中突然感到一種不祥的悸動，這樣的安靜讓他完全無法適應。

不應該呀！他想道，今天是約定交換定天府的日子，為什麼不見對方一個人影？而且整個定天府彷彿是空城一座，死氣沉沉的，沒有半點生機。難道對方已經提前離開了？不可能呀，如果沒有和自己做換防的手續，定天府的府尹根本無法向他們的朝廷交代！難道有埋伏？想到這裏，鄭羊君馬上又否決了自己的想法，整個城池不見一個人影，絲毫沒有半點的人氣，如果有埋伏，憑藉自己的經驗，至少應該有所察覺，但是如今的定天府給自己的感覺根本就是空城一座，怎麼埋伏？

「丞相，我們是否進城？」身邊的一員便將在鄭羊君的耳邊輕聲問道。

是呀，進還是不進？鄭羊君此刻心中矛盾異常。自己已經在國君面前誇下了海口，如果拿不下定天府，那麼自己就是欺君之罪；可是，如果眼前的城池真的是一座空城，不進城的話，簡直就是可惜！鄭羊君不由得身體一顫，他環視身邊的眾將，發現眾將官此刻都在看著自己，他知道此刻自己的一舉一動，都將決定身後這數萬人馬的命運！

咬咬牙，鄭羊君經過一番思想掙扎，手一揮，從牙縫中吐出了兩個字：「進城！」隨著他一聲令下，十萬鐵騎浩浩蕩蕩地向定天府開進。

先頭部隊緩緩的開進定天府，過了一會兒，一個親兵飛馬來到鄭羊君面前，「丞相，定天府如今當真是空城一座！」

一顆懸著的心的終於放下，鄭羊君長長地出了一口氣，縱馬向城內衝去，身後的大軍隨著也緩緩地開進了定天府中。

定天府當真是空城一座，鄭羊君坐在帥府中不由得笑了起來。沒有想到這定天府得來這樣容易，本以爲還要費上一番唇舌，但是哪裡知道連口水都省了，直接就佔領了定天府，這讓他感到無比興奮。這下子算是可以對朝廷有了一個交代，自己的面子也保了下來，想到這裏，他不禁笑出了聲。

環視廳中的眾將，鄭羊君微笑著對大家說道：「諸位，今日我等賴吾皇的天威，輕易拿下了定天府，打開了墨菲向中原挺進的門戶，整個江南如今將在我們手中。此等大功，都有賴諸位的精誠合作，雖然修羅帝國賊子試圖違約，但是又怎能敵得住諸位將軍的勇武，如今定天府在我們手中，本相將奏請朝廷，爲諸位將軍請功！」

廳中諸將聞聽，不由得都是喜上眉梢，向鄭羊君說道：「此乃丞相運籌帷幄，我等只是聽從丞相的吩咐，丞相乃我帝國支柱，他日挺進中原，必然一統炎黃！」

「哈哈哈！」鄭羊君聞聽心中更是高興，這空城之謎頓時不再考慮，他笑著站起來，大聲說道：「諸位將軍，就讓你我精誠合作，為我帝國再建不世功勳！」說罷，他揮手將親兵召來，大聲地吩咐道，「傳令三軍，緊閉城門，讓他們就地歇息！擺上酒宴，本相今日要與眾位將軍痛飲三百杯！」

廳中眾將聞聽齊聲歡呼，要知道這些將領大多是西羌將領，生性嗜酒如命，只是在阿魯台的嚴格軍紀之下，他們沒有敢去暢飲。如今鄭羊君的命令一下，頓時將他們心中的酒蟲勾起，什麼軍紀瞬間拋於九霄。

鄭羊君的軍令傳下，城中的十萬大軍也頓時興高采烈，他們互相爭吵著，湧入了城中的民房之中，翻箱倒櫃地尋找著財物，一時間定天府亂作一團。

深夜子時，天氣突然一變，狂風大作，風勢猛烈，將城頭的戰旗折斷！墨菲的軍士經過了一天的忙碌，已經進入沉沉的夢鄉，對屋外呼嘯的狂風，絲毫沒有在意。

帥府大廳中依舊是一片喧鬧聲。鄭羊君面孔通紅，雖然已經是六旬的老人，但是他喝起酒來，絲毫不比那些將領差。只見他一杯接著一杯，不停地和眾將舉杯共飲，不少的將領已經是爛醉如泥地倒在地上，口中發出響亮的鼾聲。

正當眾人喝得正是高興之時，一個親兵匆匆從廳外走了進來，他來到鄭羊君的身邊，輕聲地說道：「丞相，城西有一處火起！」

鄭羊君道：「許是士兵們做飯時不小心走了火，讓他們撲滅就是，這樣的事情也來報告，不見本相正在和眾位將軍喝酒？真是大驚小怪，還不退下！」

還沒有半刻鐘，又有一名親兵匆匆地衝進大廳，跪在鄭羊君面前大聲地稟報，「啓稟丞相，城東、城南多處起火，請丞相定奪！」

話音未落，先前的親兵又衝進來，恭聲說道，「丞相，城西發現多處的火源，火勢越來越大，已經無法控制！」

「啓稟丞相，城北起火！」

「丞相……」

親兵如走馬燈一般衝進了大廳，接連向鄭羊君稟報。一連串的報告，讓鄭羊君頭昏腦脹，也正是這樣，他的酒意瞬間清醒了不少。心中一動，鄭羊君似乎是明白了什麼，他站起身來，身體微微地晃了一下，然後大步向廳外走去。

定天府如今已經陷入了一片火海之中，城中人喊馬嘶，響徹天際！

「我中計了！」鄭羊君突然明白了，他站立在帥府之前，仰天一口鮮血噴出，身體向後栽倒。身邊的親兵連忙將他扶住，七手八腳救治起來。

此時，廳中的眾將也紛紛來到廳外，看著通紅的天際，沒有人再說話。此刻還能說什麼呢?眼前的一切已經說明了所有問題，從一開始，所謂的定天府換防不過是一個陷阱而已，如今自己不過是陷阱中的困獸!

鄭羊君緩緩地醒來，他看了一眼身邊的眾將，一把搶過身邊親兵腰中的長刀，抬手就要自刎。眾將連忙將他攔住，鄭羊君眼中含淚說道：「都是本相糊塗，都是本相糊塗呀!」

「丞相，先不要自責了!請馬上下令突圍，只要我們能夠衝出定天府，就還有一線生機!」身邊的將官焦急惶恐地說道。

「有生機又有什麼用處?」鄭羊君老淚縱橫，「本相一世的英名在今夜毀於一旦!被敵人俘虜未能殉國，本就已經丟人，本想戴罪立功，沒想到又落入修羅的詭計，鄭羊君愧對吾皇呀!」

「丞相，若你再不下令，將士們將無所適從，還請丞相保重，留得青山在，不怕沒柴燒呀!」

鄭羊君恢復了鎮靜，他連忙傳令眾將召集人馬，向城門突圍，同時命令親兵組織人手，儘量撲滅大火，而他本人則來到了後堂，穿上盔甲，挎上利劍，大步走到了府門前。

在門前跨上戰馬，鄭羊君帶領一干親兵向城門衝去。還沒接近城門，就聽見城門口喧鬧異常，早有將領衝到他的面前，急急地說道：「丞相，大事不好，城門被人從外釘死，無法打開！」

鄭羊君不由得長嘆一聲，「許正陽，好一個甕中捉鱉！」同時，他也在暗暗地責罵自己，爲什麼那麼容易就相信了修羅的話？人常說修羅詭詐，可是自己怎麼就沒有半點防備？但是形勢已經不容他再多做考慮，城中火勢越來越大，已經根本無法控制！看樣子，定天府在這一場大火中是不會留下什麼了！

鄭羊君咬牙說道：「來人，給我撞倒城門！」

隨著他的一聲令下，數百人組成了一個方隊，扛著粗大的樹木狠狠地撞向城門，一下，兩下……

火勢迅速向城門蔓延，不少軍士已經無法忍受灼熱的氣浪，紛紛衝上了城樓，突然城樓上一聲驚叫，就聽見有人驚惶失措地喊道：「火鳳凰！」

鄭羊君心中一驚，一催戰馬，帶領著親兵順著馬道衝上了城樓，就著火光，只見城下不知道什麼時候已經集結了無數士兵，一色的玄色盔甲，在火光的照映下，分外顯眼，站在最前列的是一排排弓箭手，在弓箭手後面，則排列著一列火炮和發石器！隊伍中央，一桿桿戰旗在大風中獵獵抖動，戰旗上的鳳凰被熊熊烈火包圍，隨著抖動呼之欲出，那猙獰的圖案在火光中更顯可怖！

鄭羊君不由得苦笑了起來，看來是沒有退路了！眼前的這種光景，分明是要將出城的士兵射殺！他扭過頭向城中看去，此刻整個定天府都已經燃燒了起來，淒厲的馬嘶聲和著軍士們的哭喊聲迴盪在蒼穹之中。

「完了，完了！十萬將士就這樣完了，一念之差！一念之差呀！」鄭羊君悔恨不已，老淚再次狂湧而出。

「鄭羊君，虧你身為墨菲帝國的三朝元老，只為自己的清名，卻絲毫不在乎帝國的前途，只知手握大權，卻沒有想想天下如何會有白吃的午餐！鄭羊君，你這個沽名釣譽的老山羊，什麼帝國棟樑，不過是一個虛有其表的老糊塗！」一個清朗的聲音在夜空中響起，聲音並不是很大，卻壓過了喧鬧的人喊馬嘶聲，清楚地傳到了城頭的每一個人耳中。

聽到如此熟悉的聲音，鄭羊君渾身一震，只見在城外的軍士中，一個身穿白色長袍，長袍上繡有九龍盤旋的壯年男子跨坐在一頭火紅鬃毛的雄獅之上。

鄭羊君一看此人，只覺心脈一顫，一口逆血自口中噴湧而出，口中猶自喃喃地罵道：「許正陽，修羅！你這個言而無信的小人！」

按照我的想法，只要鄭羊君進入了定天府，他就休想再走出城門。爲此我煞費苦心，一方面安排血殺團的成員進城放火，另一方面則命令修羅之怒將城門封死，這樣一來，鄭羊君和他的大軍就成了甕中之鱉，我可以不費一兵一卒將他們全部消滅！

雖然，爲此我要付出一座城池的代價，但是只要能夠突破墨菲的西南防線，區區一座定天府還沒有放在我的眼中！

當然，我沒有想到鄭羊君會這樣的大意，一切都進行得那樣的順利。當修羅之怒去封死城門的時候，定天府簡直就是無人防護。

「許正陽，你這個卑鄙的小人！」鄭羊君在手下親兵的救護之下，又一次清醒了過來，他站在城樓之上，指著我大聲地罵道，「你這個言而無信的卑鄙小人，當日在開元，老夫一念之差，沒有看透你的面目，你，你，你他日必遭天譴！」

「丞相大人，你我敵對，本就沒有什麼信義可言。你若要你的對手講究什麼仁義，不如讓他站在那裏等你斬殺！兩國交兵，本就是爾虞我詐，嘿嘿，你不要怪朕！」我一催胯下的烈火獅，衝到了陣前，手中噬天大槍一指城頭的鄭羊君，「要怪，就怪你自己！你一心為名，只想著如何保住自己的英名。若你冷靜想想，朕的這條計策並不複雜，任何人都可以看破！首先，你當日在開元要死要活，但是朕只是輕輕地拋出了定天府這個誘餌，你馬上就振作精神。為什麼？不過是你並不想死，你只想保住自己的那點虛名！今日進城之時，你也可以看出其中的破綻，但是你又怕無法向朝廷交代，有損你的清名，於是置你手下將士性命不顧，草率進軍定天府，為了什麼？還不是為了你的那點虛名！嘿嘿，鄭羊君，你不要怪朕，是你自己害了你自己，與朕又有何干？」

我的聲音壓過了城中的喧鬧聲，清楚地傳到了每一個人的耳中。我微笑著一擺手，只聽得我身後的將士大聲地喊喝著：

「山羊，山羊，虛有其表。開元求死，鬧劇一場，修羅小計，山羊奔走。定天城外，輾轉反覆，為求戰功，大火燒身！山羊，山羊，只求虛名，費盡心思，英名一炬！」

城頭上的鄭羊君聽完後，手指著我，渾身顫抖。「你，你，你！修羅，他日你必不得好死！」說完，一口逆血再次噴出，一頭從城樓栽下。

定天府大火從初更一直燒到了午時時分，城中的嘶喊聲漸漸的消失，空氣中瀰漫著濃郁的惡臭。我看著眼前殘破的城牆，焦黑的牆壁和冒著嫋嫋餘煙的廢墟，不由得一陣冷笑。

當晚，我率領修羅之怒就地駐紮。梁興率領後續大軍在子時到達了定天府城外的兵營之中。我們兩人合兵一處，在五更時分拔營起寨，率領二十萬大軍向墨菲挺進！

墨菲的西南大營已經是廢墟一片，到處堆積著死屍，大部分都身穿墨菲帝國黃色戰甲。看來向家兄弟的襲擊非常成功，沒有主帥的墨菲大軍沒有想到我們會突然襲擊，所以才在沒有抵抗的情況下潰敗了。

沒有停留，我們率領大軍繼續向墨菲前進，一路上，不時有探馬向我們傳報戰況，由向家三兄弟組成的三路人馬一路不停，不斷攻擊墨菲潰敗的大軍，行進速度非常快。墨菲大軍在受到接連的打擊之後，已經沒有了還手的力量，他們一路潰逃。

二十天，整整的二十天，在行進之中，滿目淒涼，遍地的死屍和受傷的墨菲士兵。我一面命令收救傷兵，一面催令三軍加速前進。因爲向家三兄弟行進過猛，他們突擊太靠前，已經和大部隊失去銜接，我擔心他們遇到什麼埋伏，那麼我苦心營造出的連續攻勢就毀於一旦！

大軍突然停止了前進，向家三兄弟飛馬來到了中軍。一路的攻擊，使得他們顯得格外地疲憊。三人來到我和梁興的面前，跳下了戰馬，躬身向我們施禮。

「三位將軍，爲何停止攻擊？」

三人相互看了一眼，向西行恭聲說道：「啓稟聖上，前方一百里就是死亡天塹！」

「死亡天塹！」我不由得失聲喊了出來，這麼快？我沒有想到居然會這樣快就打到了這裏，我和梁興互相看了一眼，心頭不由得一震。

我和梁興一催胯下的烈火獅，飛奔到了軍前，向遠處眺望。

不錯，在我們的前方，隱約可以看到連綿的山脈，雲霧瀰漫，好像一頭巨獸橫臥在我們的面前，吞吐著雲霧！

死亡天塹，這就是聞名天下的死亡天塹！我呆住了。

死亡天塹，建立於炎黃曆三百一十年，大魏帝國聖祖曹玄爲了抵抗當時的江南聯軍，以雲霧山爲根基，動用了二十萬民工，耗時一年建立了風城、銅陵關、劍閣和西靈府四座城池，以此爲曹家的門戶，大敗江南聯軍，爲出兵中原掃清了兩大障礙。雲霧四城相互依托，都是背靠險峻的山峰而建，其中銅陵關、劍閣和西靈府三城相互之間距離爲二十里，而風城雖然略顯遙遠，但是由於中間有平坦的大路相互連接，可以使大批部隊迅速相互支援，珠聯璧合。如果佈防二十萬以上的軍隊，將其攻破的可能性幾乎爲零！

自三百年前墨菲帝國建國後，遷移西域各地居民共三百萬居住四城，以西域剽悍的民風當然不會允許有任何人來侵犯，所以要通過死亡天塹，除了要面對這裏的二十萬大軍之外，還要面對三百萬居民的頑強抵抗。雖然三百萬居民都是一些普通的民眾，但是如果這些人合力來阻擋，卻是一股無法估量的力量。

在墨菲帝國建國三百年以來，中原七國聯軍六次攻擊，試圖突破死亡天塹，但是每一次都是鎩羽而歸，從沒有任何一個人能夠成功突破死亡天塹。所以雲霧四城有「四城相連，人鬼莫過」的說法，好事之人更爲雲霧四城起了一個響亮的名字——死亡天塹！

我這時已經從沉思中清醒了過來，「傳令三軍，向雲霧四城前進，城外十里紮下營寨，讓我們好好的見識一下這聞名天下的死亡防線！」

身後的眾將同聲應命，大軍再次緩緩地前行。

我的大帳依舊是燈火通明，我和梁興還在緊張地忙碌著。戰況不斷發展，我無法安然地入睡。

對於死亡天塹的攻擊已經進行了五天，在這五天裏，後續部隊不斷地向這裏彙集，人數已經超過了八十萬。但是八十萬大軍依舊無法打開缺口，我們被死死地擋在了銅陵關、劍閣、風城和西靈府的周邊。

我坐在大帳之中，心中憂慮萬分，這樣下去不行呀，即使我們突破了死亡天塹，也將沒有半點的力量再攻擊下去。

「阿陽，停止攻擊吧！」梁興在看完了戰報之後，臉色有些陰沉地對我說道。

其實我何嘗不想停止攻擊，但是我不甘心呀！狠狠地在桌上捶了一下，我無力地靠在帥椅之上，眼睛微微地閉攏著。

看我沒有說話，梁興也知道我此刻心中的想法，他沉默了一會兒，接著說道：

「自開戰到現在，已經五天了。五天來，我們的全局控制沒有任何的錯誤，向家三兄弟和納蘭四人指揮的非常好，將士們也十分英勇。但是我們的傷亡太大了，才五天的時間，我們已經損失了近十萬將士。阿陽，我們面對的是炎黃大陸最為著名的防線，所以還是好好打算一下呀！」

我睜開了眼睛，無奈地點點頭，對梁興說道：「那還是大哥你去下達這個命令吧！」

梁興站起身來，看看我難看的臉色，長嘆一聲，他說道：「阿陽，你也不要考慮太多，還是休息一下，也許能夠想出一個好的辦法來！」說著，他轉身向大帳外走去。

我看著梁興的背影消失在大帳門口，無奈地嘆了一口氣。站起身來，我緩步地走到了地圖前，仔細地看著眼前的雲霧山地形圖。

這幅地形圖是青衣樓組織人手經過多次探查繪出的一幅地圖，爲了這幅地圖，青衣樓一共賠上了一百多人的性命，才送到了我的手中。在這幅地圖中，詳盡地繪出了整個雲霧山的地形。

雲霧山北麓是一處死亡地域，相傳那是上古神靈擺設出的一座玄天大陣，大陣天然運轉，凡進入者有死無生！我不知道這玄天大陣究竟是怎麼樣的威力，如果真的如傳說中的那樣，那麼這座大陣將比死亡天塹更加難以對付。假設排除這個方案，我所能選擇的就只有從死亡天塹衝過，但是怎樣突破過去呢？我的手指在地圖上輕輕的劃過，眼光將地圖上的每一點都一一打量著。

一陣雜亂的腳步聲響起，過了一會兒，梁興和向家兄弟以及他的小舅子納蘭德等人一起走進了大帳。我可以看到他們臉上刻著的疲憊二字，雖然只有五天，但是卻已經將他們的全部心神耗費。

我示意他們坐下，然後命親兵端上了茶水。我裝出了一副悠然自得的模樣，因爲我不能讓他們感到我的迷茫，身爲一軍的主帥，即使在困難的情況下，也不能露出自己的半點不安。

不過，看著他們臉上流露出的慚愧神色，我知道他們心裏面一定有許多的不服。一口飲盡了桌上早已經放涼的茶水：

「四位將軍，不必難過，死亡天塹之所以被稱作天下第一防線，不是浪得虛名的！自然有道理，所以你們不要想太多。這些日子，朕一直看你們的戰報，在朕看來，你們已經做得非常出色了！」

「聖上！」

我站起來再次走到了地圖前面，靜靜地看著眼前的地圖，始終沒有說話。過了好半天，我才緩緩地開口道：「死亡天塹，自大魏帝國聖祖建立至今，已經有一千四百多年。在這一千四百多年來，沒有一個人能成功地突破這道防線。朕不知道是什麼原因，但是朕認爲在這個世界上，沒有打不開的防線！」

「聖上，作爲一名軍人，能夠率領自己的部隊通過死亡天塹，即使死也無憾！自幼時起，臣就立下宏願，將突破死亡天塹做爲臣的畢生夢想。但是如今臣親率十萬大軍，狂攻五日，卻讓麾下的將士死傷無數，而死亡天塹依舊橫立在臣的面前，臣實在愧對聖上對臣的厚望呀！」向西行起身跪在我的面前愧聲道。

其他的三個將領同樣也是極其難過。大帳中被一種悲傷的氣氛籠罩著。

突然間，梁興好像想起了什麼，他轉過頭來對我說道：「阿陽，你還記得當日高飛和你所說過的事情嗎？」

我一愣，頓時想起高飛在臨行刑前曾經告訴過我，要破除死亡天塹，關鍵就在於劍閣和銅陵關！當時由於我從來沒有來過這死亡天塹，一直無法理解其中的含意，而且連日的戰報將我的大腦攪成了一鍋粥，早已經將他的話拋在了腦後，如今梁興重新提起，我似乎有所感悟。

看看梁興，他的臉上帶著一絲笑意，我不禁也笑了。是呀，如今我們已經來到了雲霧山，怎麼能夠不好好地探查一番這死亡天塹的真實面目?我笑著說道：

「大哥，看來你我兄弟又想到了一起，呵呵！」

梁興點點頭，他回過頭來看著地圖，輕聲的問道：「阿陽，你認爲什麼地方的視角最爲清楚呢？」

我的手指輕輕的劃過地圖，最終我將手指放在了地圖上的一點。然後扭頭看著梁興，「大哥，你看此地如何？」

順著我的手指看去，那一個點的下方清楚地寫著三個字：定天柱！

梁興嘿聲說道：「傳說當年文聖梁秋曾在此峰圓寂。圓寂之時，他引天雷狂擊峰頂，使得定天柱下降了百米之多。阿陽，此處乃是雲霧山的最高峰，想來視覺已經十分清晰！」

我點點頭，輕聲說道：「定天柱在雲霧山中，要到達這裏，必須不能驚擾墨菲的守軍。所以我想還是你我兩人，再讓非兒跟著就可以了！」

「那麼什麼時候動身？」梁興輕聲說道。

「事不宜遲，我們立刻前往觀看，大哥認爲如何？」

梁興點點頭，「我馬上通知非兒，不過，非兒的功夫是否能夠到達定天柱呢？」

「這個大哥放心。非兒的功力雖然尙無法與你我相比，但是卻已經跨入了超一流的境界。此次也就當作你我對他的一次考驗吧！」

「好吧，那麼我馬上安排，初更我們前往定天柱！對了，你我探查地形，大營的事務交由誰來掌理？」

「納蘭心思縝密，跟隨你我征戰多年，就交給他吧！」

梁興點點頭，轉身離開了大帳。我轉回帥案之後，心中突然一陣輕鬆。這個時候，我突然想起了已經死去多年的高飛！高飛呀高飛，你若是晚生或者早生一些年，那麼炎黃大陸之上，還有誰能夠是你的對手呢？我心裏暗暗地說道。伸手端起面前的茶杯，卻發現茶水早已冰涼，我苦笑了一聲，閉上眼睛靜靜的調息著。

第三章　破關之法

二更時分，三條人影如同暗夜中的鬼魅一般在夜空中劃過，留下了三道淡淡的殘影。我和梁興帶領著陸非避過了雲霧四關關隘上的哨兵，神不知鬼不覺地進入了雲霧大山。

雲霧山終年雲霧繚繞，在黑夜中，淡淡的雲霧籠罩著山中，更為幽靜的群山增添了一絲詭異的氣氛。我和梁興全力運轉心法，宛若一隻大鳥一般在夜空中飛翔，足不點地地穿梭在群山之中。

身後的陸非則顯得有些吃力，雖然他竭力跟在我們的身後，但是我卻可以清楚地聽到他沉重的呼吸聲。以他現在的身手能夠不落下，已經是不錯的表現了。我沒有理睬他，因為我知道此刻對於他來說，也是一次重要的修行。非兒雖然天資聰慧，但是由於跟隨我的時間比較短暫，而且這些年來一直忙於軍務，所以練功的時間相對要少了許多。在幾個月前，非兒從我手中接過三密加持的心法之後，我已經下定決心要好好地對他磨練一番，今晚正是一個好時機！

在雲霧山中足足行進了一個時辰，我們終於到達了傳說中雷神之歌的發源地——定天柱！

傳說在一千五百年前，梁秋參透天地之間的武道極至，破碎虛空進入了神人之境。當時他就是在這定天柱上引來天雷應劫，雷電閃爍，歌聲嫋嫋，爲炎黃大陸流傳下來了雷神之歌！

我不知道這故事中究竟有多少是真實的，但是在我的內心之中，我卻對當年前輩的風采嚮往不已。梁秋，何等響亮的名字！千年來關於他的傳說始終沒有停息，我不知道自己能否達到他的境界，但是我知道也許數百年後，我的名字早已經被世人淡忘，但是梁秋的名字一定還會流傳下去。

我扭頭看看身邊的梁興，此刻他的臉上也露出了嚮往的神色，對於他的那位本家前輩，梁興從來沒有掩飾過對他的尊敬。我記得在他府邸的大殿正中，擺放的就是梁秋的神像，對於這位前輩，梁興有著比我更加虔誠的崇拜。

此時，陸非已經氣喘吁吁地從我的身後飛奔而來，他看到我們神色肅穆，於是竭力的屏住自己的呼吸，靜靜地看著我們。

「非兒，你先好好調息一下，然後我們準備登上定天柱！」

陸非的臉色通紅，除了勞累，更有一絲羞愧。他坐在我們的身邊，靜靜地調息著。

我看著他的臉色逐漸地恢復常色，不由得暗暗點頭。扭頭輕聲對梁興說道：

「大哥，非兒現在的功力還無法登頂，看來你我還要助他一臂之力呀！」

梁興明白了我的意思，他笑著點點頭，於是我們兩人同時閉上眼睛。

就在我雙眼合閉的一刻，我的六識再次進入了與天地相容的境界。六識擴展，方圓百里之內的任何輕微動靜都無法逃過。我可以清楚地看到，不，應該是感受到眼前陸非的真氣運轉。他的真氣沿著體內的經脈運行，就在他的真氣流過任督二脈的交接點的時候，我突然出掌，輕輕地拍擊在他的膻中、神庭、降宮三穴，而就在我出手的同時，梁興也閃電地擊出了三掌，準確地擊在他的泥丸、雙關和天柱三處。我與梁興龐大淳厚的真氣瞬間轉入了他的體內，陸非臉上露出了極為舒適的神色，臉上透出一種玄玉般的神光。

我和梁興收手站在他的身邊，靜靜看著他。我們都知道在這時，陸非的真氣每運行一個周天，那麼他的武功修為都會增加一分。在剛才的瞬間，我與梁興已經為他打通了全身的各處經脈，剩下的就要看他自己了！

陸非足足地調息了兩個更次，他緩緩地睜開了眼睛，眉宇之間紫氣蘊含。他站起身來躬身向我與梁興施禮，帶著無比的興奮語氣說道：「多謝師父與師伯的成全！」

我微微一笑，看了看天色，已經快要接近了五更時分。我沉聲說道：「好了，不要再說了，我們還是趕快登頂吧！」

話音未落，我身體虛空騰起，宛如大鵬展翅一般扶搖直上，身體在空中一個盤旋，足尖虛空一點，身體再升，在我第一次換氣的時候，我已經到達了數百丈的高空之中，輕輕一點山壁，我深吸一口氣，再次騰空而起，在兩個換氣之間我登上了定天柱。

梁興也在我踏上定天柱的同時登上了峰頂，而陸非則是經過了九次換氣才跟上我們。當他登上峰頂的時候，面孔已經是通紅。我笑著拍了拍他的肩膀，沒有說話，走到了山邊，放眼四望。

站在這裏，我可以清楚的看到整個雲霧山的風景。雲霧四城整個防備都清楚地映入了我的眼簾，我不禁暗自稱讚當年建造死亡天塹之人的高絕才智。這四城看去沒有任何的破綻，在我的角度看去渾然一體。我靜靜地看著四城的防禦，不由得陷入了沉思。

天際已經大亮，我站立在山邊呆呆的出神。曾祖曾說過：任何人爲的防禦都會有它的破綻，但是死亡天塹的破綻究竟是在哪裡？

月朗星稀，黑色的天幕透出無比的神秘和深邃。

一陣強烈的山風吹過，這股山風十分地奇怪，自東向西呼嘯而過，在穿過雲霧山的峽谷之時，突然變成三股，中間的一股自峽谷穿過，但是還有兩股山風卻向兩邊捲去。

我心中突然一動，似乎靈光閃過我的腦海。

山風！兩股向兩邊襲捲的山風！我的腦海中升起了一種十分可怕的想法。我不由得向身邊的梁興看去，他也感到了什麼，此刻臉色有些發白，正向我看來！

「大哥，我知道高飛的方法了！」我說話的語聲有些顫抖。

梁興只是看著我，默默不語。過了一會兒，他突然大聲地喊道：「阿陽，這樣不行！不能這樣做呀……」

陸非疑惑地看著我們兩人，他還沒有看出我們的想法，只是好奇地看著我和梁興。

「大哥，如果按照高飛的意思，那麼就是這個樣子了！除此之外，我沒有別的方法了！」

梁興看著我，臉色十分難看，過了好半天，他才說道：「可是，阿陽你有沒有想過，這可是二百萬人的性命呀！」

「我不知道，大哥，我真的不知道！」我有些痛苦地說道，「如果我們一直被困在這裏，天知道會發生什麼事情。我們才進行了五天的攻擊，已經有十萬將士喪命在死亡天塹的前面，強攻絕不是一個好主意。但是如果我們不突破這道防線，那麼，一統炎黃大陸就只是一個設想，大哥，你說我們應該怎麼辦？」

梁興也沉默了，他默默無語。

「師父，你們在說什麼？」陸非看著我，奇怪地問道。

我穩定了一下心神，看著遠處的雲霧四城，對身後的陸非緩緩的解釋道：「非兒，你剛才看到了那股山風沒有？」

「看到了呀！」

「那山風在進入峽谷的時候分成了三股，一股直接穿堂而過，還有兩股向兩邊捲。按照這種風向來看，這兩股風正是向銅陵關和劍閣吹去。我們在這裏已經有三天了，你有沒有注意到，每到子時時分必然有這樣一股山風吹過？」我沉聲說道：「若是我派遣血殺團一千高手在子時出動，趁這股山風起時潛入銅陵關和劍閣之中，利用襲捲的山風放起一把火，你說會有什麼樣的結果？」

我擺手示意陸非不要說話，只是靜靜地看著遠處的雲霧四城沉聲說道：「直到現在，我才明白這雲霧四城爲什麼被稱爲死亡天塹！突破這道防線就必須要付出無數的生命代價，不論是敵人的，還是我們的。總之，這裏將會是一個地獄屠場！」

梁興也輕輕地點頭，他口中喃喃自語道：「好厲害的曹玄，好毒辣的曹玄！」

「非兒，難道你現在還沒有明白這死亡天塹的真諦嗎？焚城，是突破死亡天塹的唯一方法！所以若我們採用了這個辦法，那麼二百萬人瞬間將失去性命，但是若我們不採用這種方法，或者退兵，任由墨菲帝國在西南逍遙，或者強攻，那麼我們將會付出五十萬或者一百萬將士的生命，所以無論怎樣，這裏都將是一個屠場！」

陸非緩緩地點點頭，表示他已經明白。

「曹玄當日建立死亡天塹的時候，一定已經瞭解這其中的奧妙，他不會不知道這股山風的奧秘。所以在他建立起死亡天塹的同時，還將西南的民眾遷移到這裏，足足有三百萬人！爲了什麼？就是要考驗，這是一種對人性的考驗！在這一千四百年來，不會沒有人發現其中的奧妙，但是卻無人敢這樣做，原因就是在於這三百萬人的性命呀！非兒，死亡天塹，是一道用人命建立起來的防線……」

陸非再也說不出話來，他只是呆呆地看著眼前的雲霧四城，低聲的呢喃道：「二百萬，二百萬……」

「大哥，你說怎麼辦？」我扭頭看著梁興，緩緩地問道。

梁興深深地吸了一口氣，「阿陽，難道真的沒有其他的辦法了嗎？」

我搖了搖頭，低聲地說道：「大哥，沒有了。我們只有這一個辦法！」

梁興默默地走到了我的身邊。他閉上眼睛，深深地吸了一口氣，好半天，他才說道：「阿陽，我也渴望勝利，我也希望能夠幫助你一統炎黃大陸。那是我們當年的誓言！但是，如果讓我用二百萬人的性命去取得勝利，我做不到！」他停頓了一下，接著說道，「阿陽，還記得當日我們在建康城外合兵一處，你率領修羅兵團襲擊三鹿山嗎？那一次，你將十萬降卒就地斬殺，我當時心裏痛苦極了！我沒有想到我的兄弟竟然是這樣一個嗜殺的人。雖然後來我明白那是無奈中的辦法，但是，我還是無法接受這樣殘酷的事實。這個世界上，所有的人都是平等的，沒有人比別人高貴多少，我們不能因爲我們是強者就隨便踐踏別人的生命！阿陽，我相信你也是這樣認爲的，對嗎？」

我不知道應該如何來說我此刻的心情，我沉默了。

「大哥，我也不願去踐踏他人的生命，但是如果不這樣，我們又怎樣突破死亡天塹呢？」

「那麼就不要去突破！」梁興兩眼放光，他死死地盯著我。

「如果我一定要那樣做呢？」我也緊緊地盯著他，緩緩地問道。

梁興看著我，臉色肅穆莊嚴，他一字一頓地說道：「如果你執意要這樣做，那麼在踐踏這二百萬人的性命時，就先踏過我的屍體！」說著，他向後退了一步，沉聲說道：「當年我們一起走出奴隸營的時候，我曾經發過願，要幫助你一統天下，絕不背叛你。但是，如果和這二百萬人的性命相比，我可以違背我當日的誓言！」

我沒有想到梁興會有這樣大的反應，聽完他的話，我沉默了。山頂之上的氣氛立刻緊張了起來。陸非有些不知所措的看著我們兩人，他不知道應該怎樣做才好。

「大哥，你不是我的對手！」我的心中有些不快，本是隨意的一問，卻得到這樣的一個回答，這讓我感到十分不高興。於是我神色陰沉地說道，「雖然你的觀止心訣十分厲害，但是，你絕不是我的對手！」

「阿陽，我知道我不是你的對手，但是如果你要這樣做，那麼我不惜和你一戰！」梁興斬釘截鐵地說道。

好半天，我長長嘆了一口氣，「難道我真的那麼嗜殺嗎？難道我在大哥的心中，真的就是一個殺人魔王嗎？我已經有了孩子，我還要爲我的孩子聚些福氣。大哥，在我想到這個方法的時候，我已經否定了這個辦法，我也知道二百萬人不是二百個人呀！」

梁興的神色一鬆，他的臉上帶著一絲的愧意，走到我的身邊低聲說道：「阿陽，對不起！我真的是害怕！一定還有其他的辦法，阿陽，只要不焚城，你其他的主意我一定沒有意見！」

我微微地笑了笑，沒有說話。雖然我知道梁興並沒有背叛我的意思，但是在這一刻我突然發現，如果這個世界上有人能夠威脅到我的話，那麼一定就是梁興！

「師父，師伯，你們剛才的樣子嚇死我了！」陸非走到我們身邊，有些害怕地說道。

我將他摟在懷中，笑了笑，「我們下山吧，我們來到這裏已經三天了。再不回去，大營裏面不知道要亂成什麼樣子了！」

梁興點點頭，輕聲說道：「好吧，我們下山！」

我抓住了陸非的手，又看了一眼遠處的雲霧四城，長長地嘆了一口氣，飛身躍下了定天柱。

回到了大營，營中的事務依然是井井有條。這三天在納蘭德的領導下，沒有發生任何事情，不過三天時間也著實讓他們感到有些心焦。看到我們回來，納蘭德的臉上不由露出了笑容。

我舉步向大帳中走去，就在這個時候，我突然感到一陣微微眩暈。一個趔趄，我差點栽倒在地上。身邊的陸非連忙將我扶住，梁興關心地問道，「陛下，有什麼不舒服嗎？」

我搖了搖頭，心中卻有一種非常奇怪的感覺。我無法形容這種感覺，只是感到很不舒服。

又是忙碌的一夜，我感到頭昏腦脹。當清晨的第一道曙光升起，我們還是沒有討論出一個上好的方法。我知道這一時半會兒也出不來什麼結果，於是揮手示意大家退下休息，然後獨自回到了我自己的營帳之中。

躺在帳中的床榻上，我感到無比疲倦，腦中不斷地想著雲霧四城的事情，還有就是梁興的事情。雖然我在定天柱上答應梁興不用這樣的方法，但是在我的內心之中，我很清楚除了這個辦法，再也沒有其他的方法。究竟要怎麼辦？

漸漸地，我的神智有些迷糊。

「夫君！夫君！」一個若有若無的聲音在我心底響起，那聲音好熟悉，她在我的心中呼喊著：「夫君，快回來！夫君，快回來！」我的心中猛然升起一絲警覺，瞬間清醒了過來。

我的額頭上滿是冷汗，坐在床上不停地喘息。

究竟是怎麼回事？我明明聽出那聲音是出自惜月的口中，爲什麼我會聽到這樣的聲音？爲什麼她的聲音中充滿了惶急？難道……

我不敢再想下去，只好自己安慰自己道：這不過是一場噩夢！但是真的是噩夢嗎？我不敢確定。我和惜月已經結婚多年，但是卻從來沒有發生過這樣的事情，這究竟是代表著什麼樣的意義？

「來人！」我將額頭的冷汗擦拭掉，高聲地喊道。

門外的侍衛聽到了我的喊聲，連忙跑進大帳中，恭敬地回道：「皇上，有何吩咐？」

我長長的出了一口氣，看看眼前的侍衛，沉聲地說道：「馬上請天齊王前來，朕有事情要和他商量！」

侍衛應命走出了大帳。我站起來在帳中緩緩地踱步。爲什麼我會有這樣的噩夢？我可以清楚的感覺到那聲音就是發自於我的心底，是那樣的真切！突然間，我有了一種警覺，難道開元出事了？

就在我惶急不安的時候，梁興匆匆從帳外走進，他身上只穿著一件薄薄的單衣，想來是已經要休息了，然後被匆匆叫來。一進大帳，他就開口問道：「阿陽，發生什麼事情了？這麼著急地將我找來！」

我穩了一下心神，將剛才的夢境向他重複了一遍。最後，我有些憂慮的問道：「大哥，這麼多年來，不論我發生怎樣的危險，卻從來沒有這樣地不安過，究竟是怎麼回事？」

「呵呵，是不是想惜月了？」梁興聽完我的話，長長地出了一口氣，他坐在大椅上神色輕鬆地說道。

「不，大哥，不是這樣！」我否定了他的話，「大哥，這不是什麼日有所思，夜有所夢的事情！我雖然有些思念她們，但是卻絕不會有這樣的夢境。我清楚地感受到惜月的焦慮，我可以肯定，那就是她在呼喚我！我在擔心，開元會不會……」我不敢再說下去，靜靜地看著梁興。

梁興聽完我的話，神色也有些緊張了，仔細的想了一想，緩緩地說道：「阿陽，如果按照你的說法，那麼開元可能發生了什麼事情！仔細想想，我們此次出兵的時機並不成熟，甚至是有些草率。我們的後方根基並不穩定，東有東瀛對我帝國虎視眈眈，西有陀羅死而不僵，帝國中更有一股暗流湧動，我想我們是否要停止對死亡天塹的攻擊？」

「不可能，陀羅自臣服我帝國之後，一直都不敢妄動。如果沒有強力的外因，他們決不敢對我有二心！東瀛自有水師總督，奮勇親王黃夢傑在青州鎮守，他們絕無法突破夢傑的防線。如今墨菲帝國忙於戰事，怎麼能夠對我造成威脅？不可能，不可能！」我連忙否定了梁興的話，但是心中卻在不覺間升起一絲恐懼。

仔細想了一想，梁興突然臉色大變，他沉聲說道：

「阿陽，我突然想起來兩件事，一件就是清林秀風杳無音信，這個女人心機深沉，絕非善類！當年在東京，她敗於你的手中，累得扎木合身亡之後，這麼多年來一直沒有任何的動作，這絕不是她的性格！此次突破西南防線，我們的計策並不難識破，但是為何鄭羊君那樣容易就取得了墨菲朝廷的同意？清林秀風應該可以看出這些事情，所以我想，她是否不在西京？若她不在西京，那麼她如今會在哪裡？」

我額頭再次冒出冷汗，梁興的話讓我心中產生了驚悸的感覺。是呀，清林秀風這麼長的時間沒有動靜，難道她……

「第二，阿陽，我們不要忘記了在帝國中還有一個大林寺的存在！大林寺與我們有著不小的過節，只是礙於你我強大的武力，所以這些年來一直沒有任何的動作。他們也很清楚，我們之所以一直沒有對他們有所動作的主要原因，是在於向叔父的存在！但是現在向叔父不在，他們是否會產生恐懼，而和我們作對？不要小看他們，他們帝國現在還是有很多的弟子，這股勢力不容小視呀！」

「不會吧，難道大林寺區區千人，敢和我們作對？」我懷疑地問道。

「阿陽，若是我們強攻死亡天塹，那麼死傷必然慘重，只要大林寺在這個時候和東瀛、陀羅聯手，那麼帝國必然大亂！那個時候我們還有多少的精力來對付他們？」梁興的臉色越發地沉重，他一字一頓地緩緩說道。

我點點頭，覺得梁興的話不無道理。我在大帳中來回地走動了兩圈，突然抬頭說道：

「大哥，這樣吧，我們做好兩手準備！一方面，我們在死亡天塹防線做好防禦準備，另一方面，命令錢悅馬上派人打探開元的情況，然後讓巫馬和納蘭集結十萬人馬，向蘭婆江集結！一旦消息確定，我們立刻率領他們殺回開元！」

「嗯，那也只有這樣了！」梁興緩緩地點頭，「那我立刻就去處理此事！阿陽，你也不要想太多，先好好休息吧！」

我點點頭，沒有再說什麼。梁興起身走出大帳，我看著梁興走出了大帳，長長出了一口氣。倒在床上，我腦海中思緒萬千，方才的那陣話語在我腦海中不斷盤旋，清林秀風、大林寺、東瀛！這將是我今後的三大障礙。

就在這種焦慮不安中，我的神智再次陷入了一種詭異的沉淪！

「夫君！夫君！」惜月的聲音再次在我心中不斷地響起。這次我沒有迴避，而是集中精神，全力接收這種若有若無的訊息。

「夫君，夫君！你爲何還不回來？」惜月的聲音在我的心中響起。

「惜月，這到底是怎麼回事？爲何我可以聽到妳的聲音？」我用我的心靈在表達著我內心的疑惑。

「夫君！」惜月的聲音有些疲憊，聲音很輕，但是卻還可以聽得清楚，「……這是我青衣樓的一種不傳之密，叫做心海回音！透過精神力進行的心靈交流……」

惜月的聲音突然中斷，我心中連忙在呼喊，「惜月，惜月！」

過了好半天，惜月的聲音再次的響起，「夫君，這種密法極爲消耗心力，妾身堅持不了多久，快回……開元危急！」她的聲音再次中斷。

我將自己的心神完全集中，捕捉著惜月那微弱的聲音，「惜月，妳說清楚，到底是怎麼回事？」

又是一陣沉默，惜月的聲音在沉默半晌之後又迴響在我的心底，「夫君，東瀛……突破狼胥……，大林……他們相助……陀羅起兵……謀反！開元危急！」

她的聲音斷斷續續，我只聽清楚了她最後的一句話，開元危急！

「東瀛怎麼了？」我心中不斷的在呼喊著。

但是，惜月再也沒有半點的回音。

「惜月，惜月！」我不停呼喊她，她的聲音似乎完全消失了，我再也無法捕捉到她的氣息！

我睜開眼睛，一陣頭暈目眩，險些倒在床上。這種以精神力進行心靈的溝通實在是耗費心神，只是這短短的時間，我已經感到了無比疲憊，渾身的力量好像在瞬間都被抽空，我大口的喘著氣，緩緩的調息著。這樣的交流甚至比我和扎木合的一戰還累，好久我才逐漸地恢復了狀態。

我站起身來，走到大帳中的桌邊，端起桌上一杯涼茶一口喝下。冷冷的茶水讓我的神智再次清醒。心海回音！這是什麼東西？我感到這似乎已經超出了我的理解！相隔千里，居然能夠聯繫，好詭異的密法！

坐在大椅上，我仔細整理著剛才和惜月的心靈對話，漸漸的，我理出了一點頭緒！但是卻讓我出了一身冷汗。

「來人！」我大聲地喊道。

有些睡眼朦朧的侍衛再次走進了大帳，疑惑地看著我，等待著我的命令！

「通知天齊王，讓他趕快過來，告訴他我已經知道了！」我有些焦慮地說道，「通知陸非殿下，讓他也來我大帳，召集各營的將軍，讓他們集合！同時命令血殺團馬上集合！」

我一連串的命令讓侍衛有些不知所措，但是他卻明白事情一定非常嚴重，因為他從來沒有看到我如此焦慮和憂急，躬身應命，匆匆地離開了大帳。

我馬上將衣服穿好，將掛在大帳牆壁上的兜囊背負於身上。自我與扎木合一戰之後，我的功力已經進入了一種通神的境界，一切的兵器對我來說都成了一種負擔，於是我將誅神贈給了憐兒和秋雨，搏殺的時候，我通常只是拿著噬天做做樣子，因為有沒有兵器對我來說已經不再重要，我本身就是一件無人能夠阻擋的無敵神兵！

只是那鏇月鍘是我當年苦心煉製出來的暗器，這麼多年來已經沒剩下多少，我時時的放在身邊，不過是為了留有一個紀念。如今看來，我要再次使用它了！我心中此刻殺機狂湧，迫不及待地想要馬上趕到開元。

梁興匆匆地從帳外走了進來，他的身後還緊跟著陸非，兩人一前一後走進大帳。一進來，梁興就憂急問道：「阿陽，怎麼回事？到底怎麼回事？」

「馬上回兵，開元危急！」

我的話音一落，梁興一愣，他看著我疑惑地說道，「阿陽，你怎麼知道的？我剛將探馬派出，你怎麼知道開元危急？你不要急，慢慢的說！」

「東瀛繞開了青州，在狼胥山一線登陸！大林寺與東瀛狼狽為奸，神妙老兒讓大林寺弟子協助東瀛，放開城池，使得東瀛一路突進，兵臨開元！陀羅趁機起兵，將我西線守軍吸引，無法援助開元……」我一字一頓地說道，「大哥，你的顧慮成了事實！這一切都是一場陰謀，我想這一定是出自清林秀風的手筆！她恐怕早已經看破了我們的計策，只是我現在還沒有想到她為何不阻止鄭羊君的建議！」

「那麼阿陽你是怎麼知道的？」

「是惜月以青衣樓的密法心海回音告訴我的！」

「心海回音？」梁興疑惑地問道，「那是什麼東西？」

「師伯，這個我知道！」一旁的陸非突然插口道，「我記得有一次看到師母在密室中焚香靜坐，好像在修煉什麼武功。當時我就問正在護法的憐兒，憐兒告訴我，那是師母在修煉一種青衣樓的密法，好像就是叫心海回音！」陸非神色有些緊張地說道，「憐兒告訴我，這種密法好像是一種以修煉精神力為主的功夫，透過精神力來連接兩人之間的心靈，不過，這種心法好像極為消耗心神，每一次施展至少需要兩年的時間才能恢復精神，而且好像還會消耗施法之人的性命……」

陸非的聲音越來越小，但是我和梁興還是清楚地聽到了，我們兩個人的臉色頓時大變，梁興率先無法坐住，他大聲地斥責道：「非兒，你既然知道有這種密法的存在，為何不早早地告訴我們？」然後他轉身對我說道，「阿陽，我們馬上回兵！」

我臉色陰沉，心情極為沉重，看著他們兩人，我緩聲地說道，「我已經糾集血殺團集合，我馬上帶他們殺回開元！非兒和我同去。大哥，這撤退之事，就交給你來負責，安排向西行為主帥，緩緩後撤至大宛氏王都。你安排好之後，立刻率領納蘭、巫馬等人追趕我們。我會在蘭婆江糾集伯賞清源帶領閃族鐵騎先殺回開元！」

梁興點點頭，他神色肅穆的說道，「阿陽，你就在蘭婆江等我，我最多十天趕到蘭婆江，你我一同殺回去！」

我不置可否，只是微微地點了點頭，不再多說。招呼了陸非，我大步走出了大帳，帳外血殺團已經集結完畢，烈焰此刻就蹲在帳前，牠看到我立刻衝到了我的面前，那樣子興奮極了！如果是在平日，我一定會和牠逗玩上一番，但是此刻，我已經沒有半點心情，只是輕輕的拍了拍牠那碩大的腦袋，輕聲地說道，「兒子，這次要辛苦你了，跟著老子奔襲開元，殺個天翻地覆！」

烈焰似乎感受到了我心中狂湧的殺機，牠突然張口發出一聲震天的巨吼，頓時整個大營中戰馬嘶鳴不已！全營的將士都被牠這一聲怒吼驚醒，紛紛走出了營帳觀望。

我沒有理睬眾人的疑惑，翻身騎上烈焰。一旁的親兵將噬天抬到我的面前，我看了一眼噬天，一把抓起，甩手扔給了站在原地的陸非，「非兒，接住噬天，從現在開始，它是你的了！槍可噬天，不要弱了它的威名！」

「多謝聖上！」陸非一把將噬天抓在手中，翻身跨上親兵為他牽來的照夜火獅子。我掃了一眼已經集結帳前的血殺團成員，喝道，「血殺團上馬，我們走！」

說完，我一拍烈焰的腦袋，烈焰再次發出一聲巨吼，劃過了一道紅色的閃電，向營外飛馳而去。

陸非緊跟在我身後，在他的後面，五千血殺團蕩起了陣陣的沉煙。

惜月，小雨，小華，妳們要支持住！我來了！……

我的心在不停地吶喊著！

梅惜月神色不安地在坤寧宮中不停地走動。此刻，她絲毫不見半點往日的雍容，而是一臉的憂急神色，口中不斷地喃喃自語。

憐兒站在一旁，看著梅惜月焦急地在宮中走動，嘴巴動了幾次，但是最終還是沒有說出話來。

「噔噔噔——」一陣腳步聲響起，鍾離華從宮外急匆匆地走進來，她來到了梅惜月的面前，先是恭敬地施了一禮，然後說道：「姐姐，小妹在皇宮中已經找遍了，但是沒有看到秋雨。也不知道她去了哪裡？」

「這個死丫頭，難道不知道自己已經有了八個月的身孕？怎麼還是閒不住！」梅惜月氣乎乎地說道，「天天蹦蹦跳跳得像個孩子，哪裡像一個馬上要做母親的人！」

鍾離華似乎對梅惜月有些害怕，她看了看梅惜月臉上並沒有生氣的神色，於是大膽的說道，「姐姐，秋雨就是這個樣子，她心裏根本沒有什麼事情放著。聖上不也是因爲她這樣的個性對她寵愛有加嗎？」

似乎想起了什麼可笑的事情，梅惜月突然展顏一笑，臉上那憂急神色一掃而光，

「是呀，這個丫頭三十好幾的人了，天天都是笑呵呵的，也不知道什麼是憂愁，想想倒是真的有些羨慕她。」

「是呀。前兩天秋雨還鬧著要和小妹切磋武功，我看她那個樣子，動一動都成了問題，怎麼交手！」

「今天是什麼日子？」

「今天？四月七日呀！」

「哦，那今天不是仲玄將軍的小孫子行及冠禮的日子？聽說仲老將軍要在朝中眾大臣面前考驗仲遠的功夫，合格了才算是過了及冠，否則就不許出家門一步！」一旁的憐兒突然插口道。

「壞了！」梅惜月神色一變，俏臉的面龐上瞬間升起一種憂慮，「這個傻丫頭會不會……」

「大姐，會不會什麼？」梅惜月話音未落，高秋雨臉上帶著笑容從門外走進了大殿中。高秋雨已經年過三十，但是由於長時間的練功，依舊保持著健美的身材。只是如今大腹便便，行動已經較之從前緩慢了許多，她笑著走進了大殿，對梅惜月笑呵呵的地說道。

「據探馬回報，敵人先鋒人馬大約在一萬左右！」

「一萬？」梅惜月突然打了一個冷戰，她看了看坐在兩邊的鍾離華與高秋雨，突然站起身來，對張燕說道，「丞相，你我一同登城一探！」

說著，她扭頭對身後的三女說道：「妹妹們和憐兒是否有興趣隨本宮前往？」

三女連連點頭，梅惜月笑了笑，對張燕說道：「丞相請！」

「三位娘娘請！」張燕躬身施禮。

梅惜月等人沒有再客套，她率先向殿外走去，走到殿門時，梅惜月又對一直站在門口的丁銳說道：「丁總管，你立刻前去通知城內仲玄將軍，著他按昨日的商定鎮守南門，鍾炎將軍鎮守北門，其他各將軍在城樓集合。」

丁銳躬身應命而去。

梅惜月不再猶豫，她大步走到坤寧宮前，早有太監命令安排鑾駕，梅惜月和鍾離華、高秋雨三人登上鑾駕，張燕與憐兒跨上戰馬，飛速向開元南門疾駛而去。

登上城樓，梅惜月手扶城垛向遠處眺望。此時遠處的曠野中一片寂靜，天地間充斥著一股殺氣。城頭上早有軍士集結待命，所有的人都是神情緊張。

梅惜月看了看周圍的軍士，眉頭微微一皺，扭頭對張燕問道：「這些軍士好像都是剛入伍的新兵，如此稚嫩，如何擔當這城防要務？」

張燕聞聽一聲苦笑，「娘娘，當日聖上執意出兵，而且將帝國的精兵強將盡數帶去。國內的兵力空虛，所以，只有從新兵營中臨時調出了一些軍士前來擔任城防之務，這也是沒有辦法中的辦法呀！」

梅惜月嘆了一口氣，輕聲地說道：「此次皇上是有些任性了！」

張燕沒有答話，他只是不停苦笑。

一陣雜亂的腳步聲傳來，只見從城下匆匆忙忙走上一群將領。看到這些將領走上來，梅惜月再次輕皺眉頭。

張燕沒有等梅惜月發問，連忙解釋道：「娘娘，這些都是帝國將軍們的孩子，如今開元城能征善戰的沙場老將，大部分都已經跟隨聖上出征，留下的就只有這些孩子！」

梅惜月聞聽，也不由得苦笑了兩聲，她輕聲地問道：「難道就沒有別人了嗎？」

「娘娘，城中如今除了兩位老將軍和兩位娘娘以外，經歷過沙場征戰的，恐怕就只有防守內城的司馬府尹和陳可卿了！」

「也許過了此次劫難，帝國將會湧現出更多的優秀將領！」梅惜月無奈地說道。

就在梅惜月和張燕兩人輕聲說話的時候，一群乳臭未乾的年輕將領紛紛走上了城頭，他們來到梅惜月等人的面前說道：「臣等見過娘娘千歲和丞相大人！」

梅惜月還沒有答話，一旁的高秋雨已經開始向她介紹了起來：「這是仲玄老將軍的小孫子仲遠，他今天才行過及冠之禮；這是鍾炎老將軍的孫子鍾陽；這是……」高秋雨如數家珍的說著。

梅惜月笑了笑，她看了看眼前的這些年輕將領，沉聲說道：

「好了，本宮就不多說什麼了。想來你們都已經知道了如今的情形，我開元兵不過十萬，將不過幾十，而敵軍來勢洶洶，先鋒部隊已經來到開元城外不足百里的地方。如今是我帝國生死攸關的時候，皇上遠在江南，無法回援，我們在一段時間內將沒有任何的援兵。你們都是帝國元勳功臣的後代，你們的父輩跟隨聖上征戰天下，有著無比的榮耀。如今是你們向帝國證明自己的時候了，如果我們勝利了，那麼，你們的名字將會寫在帝國的史冊之上，同你們的父輩一樣，享有崇高的聲譽。但是如果我們失敗了，迎接我們的，就只有被殺戮的命運！何去何從，本宮不想多說，本宮只想告訴你們，向帝國顯示你們忠誠的時候到了！」

她說完之後，扭頭向城外遠處的曠野看了兩眼，又接著說道：「去堅守你們的崗位，不要壞了你們父輩的名聲！」

「我等必將誓死效忠帝國，保衛都城不受賊寇進犯！」眾人同聲高呼。

梅惜月笑了，她又扭頭低聲對張燕說道：「丞相立刻通知城中百姓，怎麼做，本宮想丞相一定明白！」

「屬下這就去辦！」張燕躬身施禮，匆匆走下城樓。

「看！」隨著一聲驚叫，眾人同時向遠處眺望，只見遠處的曠野中狼煙陣陣，耳邊響起了千軍萬馬的奔騰之聲，聲若沉雷，由遠及近。

梅惜月神色一動，臉色肅穆，沉聲地說道：「終於來了！」

隨著她話音一落，只見大隊人馬自遠處從狼煙中狂奔而來，如一片黃雲踐沙揚塵而來，旌旗蔽野，劍戟如林，聲勢壯大無比。

行至關前里許之地，中軍號角長鳴。前軍人馬勒馬停步，往兩旁一分。弓弩手、排槍手、刀斧手、捆綁手，依次站定。正中央兩面大旗一分，一匹青鬃馬居中而出，潑喇喇跑至城下，馬上軍官趾高氣揚，揚鞭大叫：「城上守軍聽著，目下此城已被我大軍四面圍困，爾等還不開城投降，更待何時？」

鍾離華冷笑一聲，戟指喝道：「無恥的東瀛賊人，犯我天朝疆土，已是死罪！如今還敢在此揚威。快回去叫你的人前來送死吧！」她內功深厚，聲音洪亮，一句話送出老遠。城上城下，不少軍校都聽得清清楚楚。

城下那軍官臉色微變，手中長槍一指城頭，高聲喝道：「你們的皇上無德，我家主公秉上天旨意，前來救百姓於水火中。如今爾等已是甕中之鱉，若再執迷不悟，到時打破城池，俱叫爾等人頭落地。」

鍾離華大怒，喝道：「狗頭，侮蔑我家聖上，萬死不足以抵罪。想你東瀛小國，多年來受我天朝恩寵，如今卻犯我疆土，當真是豬狗不如。本宮一介女流，爾等可敢與本宮一戰？」

那軍官看了看鍾離華，突然笑了，他大聲的說道：「什麼天朝，想來妳朝中無人，竟然讓一個女流之輩在這裏，真是羞煞人也！來來來，某家就與妳這小嬌娘鬥上一鬥，讓妳好好見識一下某家的功夫！」

他語帶雙關，頓時身後的軍士一陣嘲笑。

鍾離華雙頰飛紅，柳眉倒豎，向身邊的梅惜月躬身請命：「姐姐，請准小妹出戰，教訓那不知死活的狗頭！」

梅惜月眉頭微微一皺，她想了一想，看了看身後的高秋雨說道：「秋雨，妳說若夫君在此，他會如何做呢？」

高秋雨早已經被那軍官猖狂的話語氣得臉頰通紅，聞聽梅惜月向她問話，她毫不猶豫回答道：「若是夫君在此，定然出城將這狂妄的傢伙好好教訓，殺殺他們的銳氣！」

「鍾離華聽命，著妳出城一戰，此戰許勝不許敗！」梅惜月威嚴的對鍾離華說道。

「小妹遵命！」說完，鍾離華躬身退下城頭。只聽城中三聲炮響，鍾離華跨坐一匹汗血寶馬，率領一隊人馬衝出城中。

第四章　血戰王都

那軍官看到鍾離華衝到兩軍陣前，斜著眼睛看了看，不由得發出一陣淫穢的笑聲，「小娘子，看來妳真的是等得耐不住了！哈哈哈，好，今天本將軍就好好和妳親熱親熱！」

鍾離華也不答話，臉上帶著濃郁的殺機，飛馬衝向那名軍官。手中的繡龍大刀刀身輕顫，發出陣陣奪人心魄的嗡鳴之聲，就連兩軍陣前那如雷的吶喊聲也無法掩飾分毫。

就在鍾離華飛馬衝來的一刻，軍官的臉色突然變得凝重起來。從那大刀奪人心魄的嗡鳴聲中，他知道眼前的女子絕不是一般的人物。突然間，他覺得自己當真是過於輕敵，原以爲對方城中已經沒有什麼人物，卻沒有想到眼前的女子竟然有這等修爲！自己突進過猛，是否有些輕率？但是形勢已經不容他再多做考慮，手中長槍一顫，丈二長槍陡然暴開，化作槍影幢幢，胯下坐騎迎著鍾離華衝去，如繁星瀰漫的槍影頓時將鍾離華籠罩起來。

鍾離華突然慢了下來，身體陡然離開了馬背，彷彿凝固在空中一般，緩緩向那軍官飄去，戰馬奔騰。

軍官的臉色變了，變得十分難看。他知道如今看似凝立空中的鍾離華其實是向他飛速衝來，那不過是一種視覺上的錯覺，讓人無法捉摸鍾離華這一刀究竟要在什麼時候劈出。

陣前突然升起了塵霧，那塵沙彷彿也似受到人的指揮一般，在空中不斷迴旋，形成了一個斗大的漩渦！漩渦越來越大，如同龍捲風一般向軍官席捲而來，而鍾離華此刻就踏在那風暴之上。

鍾離華終於出刀了！一直藏於背後的繡龍大刀突然閃在身前，緩緩的向軍官劈去，此時，兩人之間的距離僅有一丈。

這看似緩慢的一刀，其實卻快如閃電，這種視覺的差異讓軍官感到心血一陣翻動，他突然產生了想要退卻的念頭！

大刀在短距離內不斷的變化。這時，鍾離華的戰馬已經衝到了軍官的馬前，而鍾離華卻似乎還在馬後五尺的距離。

大刀陡然化作長虹劈出，只見寒光一閃，刀身的嗡鳴突然消失，但是一股強絕勁氣卻向軍官狂湧。軍官只感到森寒的刀氣已經迫至自己的身體，全身的汗毛在這一瞬間都豎立了起來，而鍾離華卻好像距離自己還很遠！

不敢有半點的懈怠，軍官手中長槍一橫，迎著迫人的刀氣向外一封。

喀嚓！一聲輕響過後，兩匹戰馬錯身而過。空中的氣流漩渦陡然消失，鍾離華奇詭無比的坐在馬背上，好像從頭到尾她都一直沒有離開一樣。

戰場上一片安靜，數萬雙眼睛都盯著陣前的兩人。

軍官背對著鍾離華，半天沒有發出一點聲音。突然間，只聽「噗」的一聲輕響，軍官的身體驟然間分成了兩半，血光沖天而起，那丈二長槍也折斷成了兩節！鍾離華手中大刀向前一揮，臉上沒有半點表情。

身後跟隨鍾離華殺出城來的軍士們此刻如夢方醒，他們一聲大喊，捲起陣陣的濃煙向敵軍殺去。

城頭一陣銅鑼聲響起，追殺東瀛士卒的將士們緩緩地退回了城中。

鍾離華大步走上城頭，當她出現在城頭的那一刻，整個開元城樓沸騰了！所有的人都高聲的歡呼著，他們在呼喊著：帝國萬歲。

梅惜月笑著迎上來，對鍾離華說道：「妹妹好樣的！」

直到此時，鍾離華臉上才露出了一抹笑容，她有些羞澀的說道：「姐姐過獎了！」

「有什麼了不起的，我也可以將那個笨蛋殺了！」一旁的高秋雨低聲的嘀咕道。

「秋雨！」梅惜月大聲呵斥。

「姐姐放心，一定會有機會的，呵呵！」鍾離華毫不在意高秋雨的那番話，她知道高秋雨這樣說，主要的原因還是因爲她無法上陣殺敵。

看著城頭的歡呼雀躍，梅惜月臉上的笑容只是一閃而逝，她拉著鍾離華的手向城外遠眺，低聲說道：「妹妹，這第一戰我們勝了，但是後面的就要看妳的了！」

鍾離華和高秋雨臉上不由得同時露出了憂慮的神色，她們也隨著梅惜月的目光向遠處眺望。鍾離華喃喃自語道：「是呀，這只是第一戰！」

回到了皇宮之中，梅惜月剛剛坐下。就聽門外有人高聲的喊喝：「王都府尹司馬子元求見！」

梅惜月眉頭不禁又皺在了一起，怎麼司馬子元也來了？她有些疲憊地揉了揉兩個太陽穴，沉聲說道：「宣。」

一陣高聲的呼喊聲過後，司馬子元大步走進了皇城，他向梅惜月躬身一禮，「司馬子元叩見皇后娘娘！」

「子元不要多禮，有何事稟報？」

「啓稟娘娘！」司馬子元低著頭，恭敬地說道：「昨日派出的信使都被攔截，求援信已經無法送出！」

梅惜月一聽，不覺心中一緊，她手扶大椅的扶手，急急的問道：「子元怎麼知道？」

「信使戰馬方才空馬跑回，想來信使已經遭到不測！」

梅惜月聞聽，不由得倒吸一口冷氣，這就說明對方已經將道路封死，想來並不是東瀛的主力到達，而是另有高手在開元幾條大路上伏擊信使，那麼最有可能的就是……大林寺！想到這裏，梅惜月不由得就有些心中發冷。大林寺高手眾多，若是他們也來參戰，那麼……

梅惜月不敢想下去，她搖搖頭，努力使自己鎮靜下來，和聲說道，「如此子元馬上準備內城城防，若外城被破，開元的安危就拜託子元了！」

「臣誓死捍衛皇城！」

「姐姐！這怎麼辦？」一旁的高秋雨也不由得有些惶急，她急聲問道。

梅惜月閉上眼睛，她仔細地想了想，一咬牙，對高秋雨說道：「秋雨，雖然我們無法向外送出消息，但是我還有一法，只是需要妳來護衛！」

「什麼辦法？」高秋雨急急地問道。

「青衣樓中有一種精神修煉的密法，叫做心海回音！它是利用精神力與天地相融，捕捉想要聯繫的人的訊息。這是我青衣樓的不傳密法，非緊要關頭不會輕易使用，如今已經到了緊要的時候了！」

「那姐姐趕快施法，小妹爲姐姐護法！」

「嗯，我會利用這種密法與正陽聯繫，希望正陽能夠及時回來！」說著，她站起身來，對高秋雨說道：「我到後面的密室中施法，記住無論發生什麼事情，都不能打攪我。這開元防衛一事，就交給妳和張丞相了！」

高秋雨緩緩地點點頭，跟著梅惜月向後宮走去！

「義母！義母！」憐兒匆匆衝進了後宮，她一邊走，一邊口中不斷地叫著。

「噓！」高秋雨突然從一旁閃身站出，她一把將憐兒拉住，用手捂住她的嘴巴，低聲在憐兒的耳邊說道：「憐兒不要吵，妳義母正在用心靈和妳義父聯繫，萬不可打攪！」

「什麼！」憐兒掙脫秋雨的手，臉上露出焦慮的神色，「秋雨阿姨，萬萬不可呀！我就是聽說信使被攔截，害怕義母用那心海回音的密法，前來阻止！」

「怎麼了？」高秋雨疑惑地問道。

「阿姨妳有所不知，這心海回音大法最爲耗費心力，這是一種以生命爲代價的密法，施法者每一次施法都要減少五年的壽命呀！」

「啊？」高秋雨吃驚地張大了嘴巴，她呆呆地看著憐兒，久久的說不出話來。

「義母已經進去多久了？」

「大約有兩刻鐘左右！」高秋雨機械的回答。

「趕快阻止義母！」憐兒說著，就衝向高秋雨身後的密室。

砰！彷彿有一層無形的氣牆擋在那裏，將憐兒撞得向後倒飛而去。

就在憐兒要摔倒之際，高秋雨閃身來到她的身邊，伸手將她扶住。就在此時，天地間彷彿傳來了一陣嫋嫋的仙樂之聲，聲音若有若無，讓人無法捉摸。也就在仙樂響起之時，自密室中傳來一陣淡淡的檀香之味，縹緲無所尋覓。

「還是沒有擋住！」憐兒絕望地說道，「義母已經開始施法了！」

高秋雨猛然甩開憐兒，就要向密室衝去，就在她身形剛動時，憐兒一把抓住了她的手說道：「阿姨不要魯莽！」

「憐兒放手，不能讓惜月姐用那勞什子密法！」

「沒有用了！」憐兒眼圈發紅，聲音有些哽咽地說道，「密法一旦開始施展，決不能打攪！而且，這種密法是盜竊天地的靈氣，施展之時就會用一種先天的氣罩籠罩，阿姨妳有身孕，不要輕易妄動呀！」

「姐姐！」高秋雨失聲哭出。

「阿姨，現在我們只有保證義母施法不受任何干擾了！」憐兒輕聲說道。

高秋雨無奈地看了看眼前近在咫尺的密室，不由得又一次失聲哭出。

深夜降臨。開元城一片繁忙，高秋雨坐在大殿之上，和張燕兩人都顯得焦慮不安。

「轟轟轟」隨著三聲炮響，隱約間傳來了一陣喊殺之聲，丁銳閃身衝進大殿之中，「啓稟娘娘、丞相！東瀛大軍到達開元城下，已經發動了第一輪攻擊！」

「主攻在哪裡？」

「三個城門以南門最爲吃緊！」

高秋雨驟然起身，向前走了兩步，卻又頹然停止，痛苦的說道，「怎麼辦？姐姐不能離開，怎麼辦？」

「娘娘放心，我想鍾離娘娘一定可以擊退來敵！」張燕輕聲安慰道。

高秋雨無奈地點點頭，心想：妹妹，就看妳的了！想到這裏，她對丁銳說道：「馬上命令司馬子元和陳可卿兩人加快內城防務，速速查探外城戰況！」

「是！」丁銳又匆匆地離去。

鍾離華立於城頭之上，她身穿白色軟甲，神情顯得極爲平和。她那鎮定的表情頓時讓有些惶恐不安的將士鎮靜下來，特別是早晨鍾離華城外一戰，更讓城頭眾將信心十足，他們不由得一起注視著鍾離華。

城外的敵軍沒有休息，而是很快地排列出陣形，在燈火的照耀下，顯得井然有序！片刻後，敵軍陣中鼓聲驟響，中軍黃旗招動，一彪人馬齊聲吶喊，縱騎飛馳。轉眼間已衝至城下，數千步兵左手圓盾，右手鋼刀，隊列整齊，緩緩逼近城樓，軍中已經架起了雲梯，只待搭上城樓，立即蜂擁而上。

鍾離華雙目圓瞪，緊緊盯著城下敵軍，眼見敵軍前鋒進抵護城河，手中短刀猛地劈下，大喝一聲：「放箭。」

眾軍蓄勢已久，聞令立即張弩齊射。一排羽箭飛出，密如驟雨。隨即城頭上的灰瓶、擂木、大石、磚瓦如雨而下，慘叫聲中，攻城的敵軍頓時倒下一大片，餘下的敵軍又潮水般退了回去。

城頭上，鍾離華柳眉緊皺，臉上毫無得意神色。一名將領興奮地道：「娘娘，敵軍退了。」

鍾離華瞟了他一眼，見是個年紀甚輕的校尉，輕輕搖搖頭，道：「錯了，這僅是一次試探，他們馬上就會回來。」

話音剛落，敵軍中鼓聲又響，又有一隊敵軍喊聲震天，向開元殺來。這一次來的人較上次明顯增多，猶如潮水般洶湧而至。馬軍緊隨在後，立馬城壕邊，張弩向上仰射，掩護步軍衝擊。數千軍兵肩抬雲梯，手握大刀，吶喊著跑過護城河，架起雲梯，後隊敵軍如蟻附緣，爭先而上。

鍾離華沉著應戰，命眾軍亂箭回射。霎那間，空中箭矢如蝗，交錯來去。鼓聲隆隆，殺聲陣陣，城頭軍士或使長槍、或使大刀，拼命守住城頭，格殺冒著箭雨攀梯而上的敵兵。怎奈敵軍人太多，倒下一批，又湧上一批。

一些悍勇的敵軍左手舞盾，右手揮刀，在槍林箭雨中已爬上了城頭。刀劍撞擊聲中，鍾離華閃身上前。手中尺二短刀閃爍，在嬌叱聲中，接連將五名東瀛將領、十幾名士卒劈下城去，她目光四下一掃，發現爬上城頭的敵軍約有百餘人，當即揮手命手下的親兵侍衛上前接戰，自己則督率軍兵以強弓硬弩、滾木擂石阻住後隊敵軍。

一時之間，城上城下刀光劍影，血肉橫飛，兩軍殺得難解難分。東瀛大軍沒料到孤軍守城，竟如此悍勇。箭石如雨，攻勢稍挫，鍾離華已乘機率隊反擊城上敵軍。不過小半個時辰，爬上城的數百餘敵軍已盡數被殺，開元城又轉危為安，東瀛主將大怒，親自驅兵來攻。

雙方自深夜戰至天亮，都已疲累不堪。東瀛軍馬連續十餘次猛攻，反而遺屍近萬。東瀛主將原以為開元不過一座孤城，守軍不超過三萬，此次帶二十萬大軍攻城直可唾手而下，一經交戰，才知全然不是一回事。眼見開元城頭防禦嚴密，抵抗頑強。已方久攻不下，軍心已散，再加上長途奔襲，本已勞累無比，當即傳令鳴鑼收兵。

看到東瀛人馬緩緩退去，鍾離華這才微微地鬆了一口氣。擦了擦額頭上的汗珠，對身側的親兵侍衛道：「傳令下去，各門守將清點傷亡，趕修城樓，準備再戰。」

身邊的親兵侍衛一聲答應，鍾離華這才走下了城樓，上馬向皇城急急地趕去。

回到皇城大殿之上，高秋雨和張燕連忙迎上前詢問戰況。鍾離華卸去盔甲，洗臉漱口，早有內侍奉上香茶。

鍾離華喝了一口茶，將方才的戰況一一的稟報。

張燕連聲道：「好險，好險。若不是娘娘親守，恐怕我軍當真要損失慘重！」

鍾離華微微地笑了笑，剛要說話，只見鍾炎和仲玄兩員老將從殿外走了進來，兩人神色有些疲憊，一進門，兩人先向鍾離華與高秋雨施禮，接著就說起了方才的大戰。

眾人正在談論下一步的計畫，便見丁銳匆匆走了進來，施了一禮，道：「娘娘，仲遠和鍾陽殿外求見，他們剛清點損失，特來向娘娘稟報！」

「仲遠、鍾陽參見娘娘千歲，參見丞相。」

鍾離華笑了笑，和聲問道：「說吧，我軍今日傷亡如何?」

「啓稟娘娘，經初步查點，今日士卒戰死者一千六百七十餘人，傷約三千一百餘人。各級將領死傷六十八人。」

「殺敵三千，自損八百！我軍今日雖略有小勝，但是傷亡實在太大了！」高秋雨輕聲說道：「不過如今開元還在我們手中，今日也算是一場小勝了！」

鍾離華點點頭，神色有些凝重，她想了一想，對鍾仲兩員小將說道：「你們馬上回到城頭，將傷患送下城頭，著城中最好的醫師爲他們治療，爭取能早日恢復！同時加強警戒，本宮想，此次東瀛輕敵，沒有想到我們會有如此頑強的抵抗。待他們紮下營寨，用不了多久，還會再次攻擊！你們提醒將士們不可有半點懈怠之心！」

兩員小將躬身應命，退出了大殿。

鍾離華又看了看大殿，有些奇怪地問道：「秋雨姐姐，爲何不見惜月姐姐？」

提起梅惜月，高秋雨臉上不覺露出黯然神色，她將梅惜月前往密室施法一事緩緩地說出，大殿中陷入了一種難言的沉默。

過了一會兒，鍾離華突然站了起來，「既然惜月姐姐以命來換取我等勝利，那麼小妹也不待在這裏了。小妹立刻前往城頭督戰，我倒要看看那該死的東瀛鬼子究竟能夠耍出怎樣的花招！」說著起身就向外行走。

鍾炎和仲玄也連忙起身向高秋雨告辭。

三人來到大殿門前，鍾離華突然停下腳步，回頭笑道：「秋雨姐姐，惜月姐姐就交給妳來護衛了！小妹將鎮守外城，城在人在！」說完，頭也不回的向外走去。

東瀛人馬在開元城外經過一天的休整，始終沒有向開元發動攻擊。鍾離華明白，這不過是大戰前的寂靜。接下來的將是一場更為慘烈的戰鬥，城頭上的軍士和鍾離華都已經做好了迎戰的準備！

正午時分，只聽見敵營中號炮之聲響起。大隊人馬出營而來，鐵甲鏗鏘，怒馬騰躍。煙塵瀰漫之中，人如蟻聚，鋪天蓋地，行至城前，前軍六隊人馬長槍硬弩，壓住陣腳，左軍、右軍也各有六隊人馬，衣分六色，一律長槍大戟，鐵甲駿騎，佈成陣勢，內圓外方，緊密相連。

正中央，帥旗招展，上書兩個斗大的字：鬼塚！

鍾離華看到不由得有些心驚。前日深夜攻城，由於天色黑暗，鍾離華並沒有看清楚敵軍的主將是何人。但是如今看這帥旗所示，分明就是有東瀛名將之花之稱的鬼塚熊男。

說起這鬼塚熊男，鍾離華也曾聽祖父說過，聽說此人用兵狡詐，擅長海戰。在大海之上未曾逢得敵手。看來東瀛此次對開元是志在必得，不過也正是如此，鍾離華臉上露出了一絲冷笑。

「娘娘，爲何發出冷笑？」站在鍾離華身邊的仲遠奇怪地問道。

「看到那帥旗了沒有？」鍾離華用手一指遠處飄揚的大旗，冷聲說道：「看來此次東瀛派出了他們的名將之花，此人在海上號稱是無敵勇將，不過，此次本宮要讓他在這開元城下慘敗！鬼塚？嘿嘿，你在海上可以稱雄，難道還想在我炎黃大陸撒野不成？」

仲遠點點頭，眼中也露出了興奮的光芒。

正說話間，東瀛陣中鼓聲響起，中軍黃旗招展，四下裏敵軍左盤右旋，隊形變換。猛然間，萬千敵軍齊聲大呼，殺聲震天。一彪彪人馬捲殺而來，勢如山倒，銳不可擋。

開元城上，鍾離華大喝一聲，「放箭！」

霎那間，箭如飛蝗，東瀛軍士紛紛舉盾遮擋，同時陣中推出百餘輛「衝車」，直抵城下。

這是一種極簡單的攻城器械，但威力卻很驚人。只需數人就可操作。其原理是將碎石放在一張牛皮網上，再由車桿彈起，帶動機關，借拋射之力將碎石射入城中。每張牛皮上，均可放置百餘斤碎石。如此一來，城上城下，亂石如雨。

東瀛馬軍弓箭手抵近彎弓，立馬城壕邊，拼命放箭。步軍則連番衝擊，前隊倒下一片，後隊竟毫無躊躇，踐踏著同伴的屍體爭相湧上。

鍾離華督軍死戰。她已察覺，此番東瀛軍士來勢又與昨日大不相同。除新添「衝車」等攻城利器外，攻城敵軍也大異尋常，殺退一批，又湧上一批，全無畏縮懼戰之態。更有那些悍將梟卒，個個不顧性命地向上猛撲。

鍾離華渾身浴血，手中的尺二短刃，早已砍得殘缺不全，但是她依舊揮舞短刀，不停地斬殺著湧上城頭的敵兵。

血戰自正午一直殺到了接近深夜，自東瀛大營中傳來一陣銅鑼鳴響，東瀛士兵如同潮水般退了下去。

鍾離華無力地癱坐在城樓，她感到自己全身沒有半點的力量，借著城頭的燈火，看看身邊的將士，他們也都是一個個精疲力竭！城上城下，死屍狼藉，幾乎堆成了一座座小山，東瀛官兵固然死傷慘重，但是開元士卒的屍首，也是隨處可見。

這才是第一天，就已經如此的慘烈！鍾離華感到全身都在戰慄，心中不停的在吶喊著：鍾離華，妳一定要支持下去！

高秋雨在大殿上神色不安的走動著。自東瀛發動攻擊之後，到今日已經有三十日了。三十日來，一來依靠著將士們浴血奮戰，二來依靠城中百姓的支持，三來更有賴各門主帥的調度，所以開元城歷經三十日戰火之後，依舊牢牢地掌握在自己的手中。但是，高秋雨知道，如今外城的防守已經是強弩之末了！

為了確保外城不失，高秋雨和張燕將原本駐守在內城的一半兵力置於外城，內城只留下了大約兩千人來防守，甚至連皇城中的侍衛，也分出了半數去城頭協防。如今只要外城一破，憑藉內城如此的兵力，根本無法抵擋住東瀛軍瘋狂進擊！而且三十日來，己方的傷亡已經接近兩萬，雖然東瀛軍傷亡也十分慘重，但是兵源不斷。而開元，已經沒有多少可用之兵了！

高秋雨這些日子比誰都急，她看到鍾離華和鍾、仲兩員老將都已經疲憊不堪，特別是鍾離華，早已沒有往日的嬌媚神態，如今的她已經是形神憔悴，全身上下都散發著一股濃重的血腥氣息。高秋雨幾次都想要上外城幫助鍾離華防守，讓鍾離華好好的休息兩天。但是她知道她不能！因為，她身上有著更重要的責任。

梅惜月自開始施法以後，三十天來一共只出來了三次！但是每一次見到梅惜月，高秋雨都會感到無比的心驚。僅僅三十天，梅惜月的樣子已經蒼老了許多，原本烏黑的頭髮已經略見花白，那張可以顛倒眾生的絕世面龐，如今也有了淡淡的皺紋，炯炯的雙目如今也黯淡無光！更讓高秋雨擔心的是，梅惜月每次出現，所表現出來的那種疲憊，絕對是無法形容的！

高秋雨曾經勸說梅惜月停止施法，但是梅惜月只是笑笑，她告訴高秋雨：夫君已經率領五萬閃族鐵騎和梁興向開元趕來，他們人不卸甲，馬不卸鞍，日夜兼程向開元趕來！

就在三天前，也就是梅惜月最後一次出現在高秋雨面前的時候，她悄聲告訴高秋雨要小心提防，東瀛久攻開元不破，所以，他們很有可能使出他們最後的招數！說完，梅惜月就飄然走進了密室！

究竟是什麼樣的招數，梅惜月沒有說，也許她認爲高秋雨能夠明白。但是高秋雨當時只是看著梅惜月那飄然的白髮，呆呆的發愣。

更讓高秋雨擔心的是她自己！這兩日來，腹中的胎兒已經動了幾次，而且一次比一次厲害。但是高秋雨不敢告訴任何人，她自己也明白，這是胎兒就要出世的預兆！但是她不能，如果胎兒一旦出世，那麼己方的陣營中將少了一個大將！她不能在這個時候生產，於是她向太醫要來了安胎的藥物，她要挺過這一劫，至少要等到自己的夫君到來之後才能放下心來！

憐兒看著高秋雨來回走動的身體，有些感到頭暈。她強作笑容，對高秋雨說道：

「阿姨，妳不要這樣來回走動，這樣走動，走得憐兒的頭都暈了！」

高秋雨停下了腳步，她看了看憐兒，也微微地笑了笑，沒有說話。

「阿姨，妳今天是怎麼了？爲何如此的焦慮不安？」

高秋雨沉默了一會兒，走到椅子上坐下，從一邊的桌子上拿起那柄誅神寶刀，將長刀抽出，用自已潔白的手帕輕輕地擦拭！誅神已經有些微微變形，那是當日夫君與蒼雲於東京一戰留下來的痕跡，雖然已經經過能工巧匠修飾，但是卻始終無法回到原來的樣子。

「阿姨，妳怎麼不說話？」憐兒看到高秋雨如此的動作，更加奇怪地問道。

「憐兒，當日妳義父將誅神分送妳我，我們曾有誓言，那就是刀在人在，刀亡人亡！誅神自從跟隨妳我已經沉默了許久，當真是委屈了它……」

憐兒輕輕地點頭，但是她卻無法理解高秋雨爲何說出這些話來。

高秋雨依舊輕輕地擦拭刀身，臉上露出一種寧和的禪韻！她似乎從誅神中感到了夫君的存在，也從誅神中獲取了無比的力量！緩緩的，她抬起頭，柔聲對憐兒說道：

「憐兒，今日阿姨有一種不好的感覺，或者說是一種預兆！一會兒如果發生什麼事情，妳立刻前往密室外，不能讓任何人驚擾妳義母……」

「那……」

「憐兒不要說話，聽阿姨說完。前殿的事情妳不要多管，妳只要保護妳義母和妳那幾個弟弟就可以了。妳不要以爲這個事情簡單，要知道，妳義母手無縛雞之力，而妳的幾個弟弟更是年紀幼小，也不能擔當大任！除了傲兒，其他幾個根本還是不懂事的孩子，他們是妳義父的希望，妳不能讓他們受到半點傷害！」高秋雨語氣嚴厲。

憐兒神色莊重地點點頭。

「至於前殿，就交給阿姨和丁總管來處理，不論有任何變故，妳不可離開密室一步，明白嗎？」高秋雨說著手執誅神，站立殿中，她的臉上帶著一種滿足的笑容，神色極爲平和。

已經是三更時分了！皇城中被一片寂靜籠罩著，一直處於極度緊張中的人們，此刻都進入了甜蜜的夢鄉！除了遠處外城城樓上通明的燈火，整個皇城都籠罩在一片黑暗之中。

就在這片寂靜的黑暗中，幾十條人影飛掠而過，不帶半點聲息，彷彿是肆虐在黑暗中的幽靈！

高秋雨穩坐在大殿上，雙目緊閉。丁銳恭敬地站在她的身後，神色肅穆。在殿中還有二十多個侍衛神情嚴肅的分列在兩旁。

突然間，高秋雨雙目睜開，雙眼精光閃爍，口中輕輕呢喃道：「真的是來了！」說著，她扭過頭來向身後的丁銳看去。

丁銳此刻依舊是一副神態恭敬的模樣，他看到高秋雨向他看來，身體微微的一躬，低聲說道：「娘娘，他們來了！」

「丁銳，你可害怕？」

「娘娘，丁銳不是一個初出茅盧的雛兒，嘿嘿，從上次和皇上大鬧東京之後，這些年也過得平淡了些！」

高秋雨點點頭，她和聲說道：「丁銳，你可知道本宮一直不喜歡你？」

「都是丁銳不懂事，總是惹娘娘生氣！」

「不，丁銳，你這些年跟隨皇上，忠心耿耿，能力過人！皇城在你的管理下，確實讓我們省了不少的心。本宮不喜歡你，是因為你身上總是有一種很陰鶩的氣息，那種陰鶩讓本宮有些害怕！」

「娘娘……」

「不過，本宮知道這不是你的錯，在這皇城之中，本就是天下最險惡的地方，一個不小心就會有殺頭大罪來臨。若是我們能夠度過這一劫，本宮一定要好好地補償以前對你的怠慢！」

「娘娘……」丁銳的聲音有些哽咽。

「今日是考驗你我的時候，本宮有一件事情託付於你！」

「娘娘請說！」

「若發現形勢不好，你立刻前往後宮密室，將幾個小王子帶走，他們都是皇上的血脈，你要保證他們不受半點的傷害！」

「娘娘……」

「丁銳，不要擔心本宮，本宮一定會活著，因爲本宮還沒有和你比試過武功呢！」

高秋雨臉上突然現出明快的笑容，「難道你以爲本宮是那種手無縛雞之力的弱女子嗎？」

「丁銳不敢！」丁銳哽咽著說道，「娘娘的武功卓絕，丁銳難敵萬一！請娘娘放心，丁銳就是死了，也不會讓小主受到半點的傷害！」

高秋雨笑了，她站起身來，臃腫的腹部絲毫無法影響她的行動，她高聲對殿中的侍衛說道：「小子們，你們已經準備好了嗎？」

「我等誓死捍衛娘娘！」

「爾等鼠輩，不用躲躲藏藏了！本宮知道你們已經來了！」高秋雨對著空曠的皇城中高聲地喝道。

「唉，修羅麾下皆死士！就連一個女子都有如此的風采，老衲當真是小看了天下英雄！」一個蒼老的聲音迴盪在夜空中，飄忽不定，別有一種異樣的感覺。

高秋雨神色一緊，單憑這一手圓覺回音的功夫，就表示出來人的武功不凡，看來今日當真是凶多吉少！高秋雨臉上絲毫沒有流露不安的神情，冷聲地笑道：「神妙大師，你不必躲藏，天下間能有如此修爲的圓覺回音，恐怕也只有你一個人，出來吧！」

「高家子孫果然見識不凡，區區女子竟然有這樣的見識，老衲佩服！」隨著話音一落，一道人影自黑暗的角落中閃身來到大殿之前，在他的身後飄然落下了無數個人。

借著大殿中的燈光，當先一人一身灰色的僧袍，年齡在七旬左右，神色安詳，脖中掛著一串念珠，每一顆念珠猶如小兒拳頭大小，烏黑發亮。

「阿彌陀佛！」老僧高聲宣了一聲佛號，和聲說道：「看來娘娘已經早有準備，老衲失算了！」

「不知大師今日來我皇城有何見教？」高秋雨臉上帶著一絲冷笑，冷冷地問道。

「娘娘既然已經嚴陣以待，何必再問？其實老衲只是想請娘娘命令開元守將打開城門，若娘娘能夠如此，妳我當少了一番刀兵之災，一切豈不美哉？」

「嘿嘿，老和尚當真是在說笑話，你可知道城外是何人攻城？」

「老衲當然知道！」

「既然如此，你爲何還要幫助東瀛賊子？自我皇登基以來，可以說從未虧待你大林寺一脈，以往的種種恩怨絲毫不計較，對大林寺也是十分尊敬。沒有想到你們非但不念我皇厚恩，反而私通敵國！老和尚，你可知道你已經爲你大林寺掘好了墳墓？」

「這……」神妙一時間無話可說。

「老和尚，你沒有話說了？」

「娘娘，老衲爲何幫助外人，這其中原因恐怕娘娘心中清楚，今日若娘娘和老衲合作，即可少這血光之災，老衲可以保證娘娘不會有任何傷害。否則，休要怪老衲無禮！」神妙的語氣漸漸強硬。

丁銳口中發出一聲冷笑，攏於大袖中的雙拳在劍氣迫近自己的時候，閃電般的擊出，兩拳毫無花巧，那森寒的勁氣瞬間化成兩道利劍，迎向兩道寒光。

丁銳的拳頭絲毫不差地擊打在劍脊之上，勁氣相交，只在空野中流動著一股詭異的寒流。三人身形在空中一頓，向兩邊飛閃而去。丁銳落在高秋雨的身邊，陰鷙的面孔有些鐵青。

「丁銳，你有沒有事？」高秋雨急急地問道。

「謝娘娘關心！」丁銳面無表情，低聲說道：「娘娘小心，這兩人不是中土高手，勁氣極爲詭異，娘娘萬不可輕敵！」

高秋雨點點頭，看著神妙身後的兩人，冷笑道：「大林寺徒有虛名，自家沒有高手，卻讓別人來冒充，嘿嘿，看來自神樹和神秀兩位大師圓寂之後，大林寺再無能人了！」

神妙老臉一紅，但是隨之變得極爲猙獰，他冷聲說道：「娘娘如此侮辱我大林寺，老衲少不得要向娘娘領教一番了！」

早在神妙向前邁步之時，他身後的一群高手突然一起飛撲高秋雨。丁銳也毫不猶豫，閃身迎上，大袖一揮，頓時將六名高手攔下。而身後的侍衛也跟隨丁銳飛撲而上，一對二，或一對三地拼殺起來。一時間，皇城中瀰漫著一股濃郁殺氣，兵器碰撞之聲不絕於耳。

高秋雨絲毫沒有理會他人的拼鬥，只是牢牢地盯著眼前的神妙，兩人卓立於大殿之前，凝神靜立！

「娘娘，神妙領教高招！」兩人對立半晌，突然間，神妙身形陡然一幻，轉眼出現在高秋雨的面前，緩慢的擊出一拳。

高秋雨嘴角帶出一絲輕蔑的笑容，左手將誅神倒背身後，右手輕飄飄的擊出，飄然間好像不帶半點的勁氣。

神妙眼睛一亮，叫了一聲好，緩慢的一拳突然發出奔雷之聲，疾如閃電般向高秋雨擊去。高秋雨身體隨著神妙那勢如奔雷的一拳翩然浮起，恰似飛花一般在空中飄起，掌勢依舊輕飄無力，卻又如千絲萬縷般的纏繞著神妙那一拳！

兩人的身形都是飛快，似乎已經超越了速度的極限，穿梭飛掠中，卻沒有一次實質性的接觸。這看似輕鬆萬分的搏擊，卻更加的凶險，兩人都在尋找著對方的破綻。

「砰！」一聲巨響，高秋雨的右掌和神妙的左拳接觸，就在這第一次接觸之間，一股龐大的氣流自兩人雙手接觸之間向外擠迫而出，磅礡氣勁四溢，在瞬間激起濃重的塵煙！

高秋雨姿勢不變，藏於背後的誅神在這時閃電般擊出，在一個極小的空間中劃出詭異的弧線，將神妙籠罩。就在高秋雨一刀劈出之時，神妙絲毫不敢懈怠，他右手呈拈花之狀，食指與中指相接，三指微曲，飄然迎向高秋雨的一刀。

「啵」的一聲輕響，暗流湧動，飛騰於四周的塵煙恰如被一種奇異的力量控制，在空中打著旋轉，高秋雨和神妙兩人向兩邊飛射。

高秋雨在空中一個微小的盤旋，輕聲笑道：「神妙禿驢，只有這種本事嗎？」說話間，在一個幾乎不可思議的時間身體橫移，誅神飛閃，一聲悠長的慘叫，距離她最近的殺手，身體突然被龐大勁氣劈成了兩半。

「潑婦找死！」神妙此時再無半點安詳的神色，他大吼一聲，脖中的念珠驟然飛起，在空中詭異的迴旋，發出一陣陣奪人心魄的怪異厲嘯。高秋雨神色微微一變，誅神陡然劈出，長虹一閃，恰如閃電！刀勢古拙，將神妙牢牢地籠罩其中。

面對著至剛至盈的一刀，神妙的臉色也變了，飛身空中，一拳擊向念珠，那念珠迴旋速度突然加快，厲嘯聲愈發的淒厲，向高秋雨飛去。

「砰！」再次發出震天的巨響，皇城的地面微微的顫動，三丈之內的人被磅礡勁氣推得東倒西歪。誅神和念珠相交於一起，神妙身體向後飛落，口中哇地一聲吐出一口鮮血，而高秋雨的身體飄然輕落，喉頭輕抖兩下，硬生生將那口逆血咽回。

「沒有想到，沒有想到！」神妙神色猙獰地說道：「妳居然練成了佛門至剛至猛的大羅漢伏魔刀法，老衲真的是小看妳了！」

「嘿嘿，禿驢！你沒有想到的還多著呢！」高秋雨將沸騰的心血壓下，手中誅神說話間就要再次劈出。

就在這時，高秋雨臉上神色陡然一變，渾然天成的氣機陡然一亂。神妙何等人物，他準確地捕捉到了這一點，大喝一聲，雙手輕輕晃動，剎那間有千萬隻手現出，飛擊高秋雨。

高秋雨強忍腹中的疼痛，誅神接連劈斬，只聽一陣雨打琵琶般急促的勁氣相交後，高秋雨的身體飛落，她臉色煞白，單膝跪地，手中誅神喀嚓一聲斷成兩截，一口鮮血噴出。

只在這瞬間，她腹中久無動靜的胎兒突然有了動靜，高秋雨心中暗暗叫苦，這個傢伙怎麼早不生，晚不生，偏偏在這個時候有了動靜！劇烈的疼痛讓高秋雨氣機散亂，在剛才的交擊之中被神妙一掌擊中，此時她全身再無力氣，羊水破裂，雪白的勁裝頓時被染紅！

神妙怎能放過如此的機會，他臉上帶著欣喜之色，一拳向高秋雨擊去，高秋雨大喝一聲，手中斷裂的誅神飛閃而出，準確刺在神妙的手臂之上。但是身體卻被神妙那勢大力沉的一拳擊飛。

神妙雙目通紅，他萬萬沒有想到自己竟然會被一個即將臨盆的女人刺傷，大喝一聲，將手臂的誅神拔出，不理狂湧的鮮血，他大跨一步，一刀向高秋雨砍去。

高秋雨閉上了眼睛，她已經沒有反抗之力，就在那犀利刀鋒將她的頭髮吹得散亂的一刻，高秋雨臉上一片平和，甚至露出了一絲微笑。

「娘娘！」正在搏鬥中的丁銳也瘋狂了，他身體陡然飛起，在半空中一轉，絲毫不理會身後斬來的刀劍。神妙只覺握刀之手一震，一股奇絕的大力傳來，一股連著一股，前力未曾消失，後力已經跟上，宛如海潮一般洶湧澎湃！神妙心中一顫，身體向後倒飛而去！

就在神妙後退之時，又傳來一陣雨打琵琶的刀劍交鳴之聲，斬向丁銳的刀劍被一道寒光擋住，絕猛的真氣將撲擊向丁銳的眾人逼得向後連連退卻。

一個稚嫩而又柔和的聲音響起：「傷我丁叔者，死！」

眾人只覺眼前突然一片刺眼的奇光閃爍，一道人影在半空中飛旋掠過，手中一把青旺旺閃爍逼人寒光的長劍發出刺耳的呼嘯，七道劍光在同一時間飛出，將丁銳身後四人牢牢地鎖住。

四人慌亂間，連忙舉起手中的刀劍迎向那七道劍光，卻只是捕捉到一抹殘影，劍光瞬間消失，而後無邊的劍影漫天而來，無法分辨出到底那一道才是真正的劍光！

就在漫天的劍影之中，再次閃出七道別樣的劍氣，這七道劍氣分別按照北斗貪狼、巨門、祿存、文曲、廉貞、武曲和破軍七星的排列之序呼嘯而來！如果說那漫天的劍影是點點的繁星，那麼這七道劍影就是決定人間生死的北斗七星。

一陣淒厲而悠長的慘叫聲響起，四人無力地向後倒飛而去。他們彷彿一段朽木一般無力的摔倒在地，眉心之中，各出現了一個紅點！

那稚嫩的聲音冷厲地說道：「七星主死，劍下無生！」

在丁銳的身邊，出現了一個年齡在十四五歲的少年，他那稚氣未消的臉龐上籠罩著一層寒霜！烏黑的髮髻，深邃的目光，白皙的皮膚下流轉著一抹神光。

「正陽！」感到情況有變的高秋雨睜開眼睛，恰好看到少年手刃七人，不由得失聲地喊道。眼前的少年，簡直就是夫君的一個翻版，只是自少年的身上，看上去更有一種別樣的飄逸。

所有人都驚呆了，眼前這突如其來的變化讓每一個人都吃驚不小，就連神妙的那張老臉之上也露出了一抹驚懼之色。

丁銳回身向少年望去，先是微微一愣，但在轉眼間又露出了狂喜之色，他失聲地喊道：「思陽！」

少年還沒有回答，只聽在空中傳來一個十分清雅、不帶有半點人間俗氣的聲音，「神妙大師，你塵心未絕，枉費這許多年的修爲！大林寺將因你今日之舉沉淪，而你將是大林寺的千古罪人！」聲音縹緲無蹤，好像傳自於九天之外。

「誰？誰在說話！」神妙在驚慌之間，再無法保持心靈的那份平和，他舉目四望。

「大師利令智昏，眼中皆是名利二字，如何能看到他人？貧道在此稽首了！」淡雅聲音再次響起，那悅耳的聲音讓在場所有的人再無半點爭鬥之心。

皇宮大殿的飛簷之上，一個身穿白衣的道姑於月下卓立，那潔白的道衣隨風輕飄，飄飄然似要乘風而去，那孤絕高傲的氣質令所有人感到自卑！道姑飄然而下，如踏月而來，看似緩慢，卻在眨眼之間閃身在高秋雨身邊。

「妳是誰？」神妙厲聲喝問。雖然尚未動手，只是輕身功夫，已經讓神妙感到無比的心驚。

道姑沒有理睬神妙，她彎腰輕撫高秋雨脈門，神色微微一緊。

「妳可是小月姐姐？」高秋雨突然明白了來人的身分，她驚喜的叫道。

南宮月，自當年東京一戰之後，名滿天下！其獨創的觀星論劍訣，該訣被稱為天下第一劍法，世間除當年文聖梁秋的破殺七法外，再也沒有任何一種劍法能夠超出她的境界！破殺七法，僅有七劍，是融合天下劍法而成，以七情為根本，每一式劍法都是為了破除情欲。

觀星論劍訣，劍法繁多，南宮月根據天上星宿排列，創出一百零八路劍式，每一路劍式都根據天上星宿移動的規律而成，渾然與天地相合！這一繁一簡兩套截然不同的劍法，卻已經讓天下所有的劍法都黯然失色。破殺七法已經失傳多年，而觀星論劍訣雖然出現僅數年的時間，已經使得天下的劍術大師再也無顏論劍。

道姑臉上帶著平和笑容，微微點頭。她招手對站在丁銳身邊的少年說道：「思陽過來，見過你阿娘！」

少年走到了高秋雨身邊，此時高秋雨臉色蠟黃，沒有半點的喜色，看到少年走來，她的臉上竟有了一抹紅潤！

「你就是思陽？」高秋雨驚喜地說道，她知道這個自幼離開父母的孩子，她更知道他也是自己夫君日夜思念的親生骨肉，如今看到少年，她激動不已。

許思陽輕輕地點頭，他有些羞澀地喊道：「阿娘！」

高秋雨沒有骨肉，許傲等人雖然對她十分尊敬，但是卻從來沒有叫過她阿娘，只是叫二娘。如今有人這樣叫她，她不禁高興不已。她伸出手想要去抓住思陽的手，但是腹中的胎兒似乎不太高興，一陣劇烈的疼痛傳來，高秋雨的手無力地垂了下去。

南宮月神色大變，她看了看場中的眾人，此時大家都已經恢復了神智，相互緊張的戒備著。

第五章　論劍清流

不能拖下去，必須要速戰速決！南宮月下定了決心，站起身來對思陽說道：「思陽，看護好你阿娘，不要讓她受到半點的傷害！」

思陽點頭應命。

南宮月又對丁銳說道：「丁總管，今日勢不利我，看來你要搏命而為了！」

丁銳從東京和南宮月一別之後，已經有數年未曾見過，但是對於南宮月，他十分的尊敬。聞聽南宮月說話，他激動地說道：「仙長放心，今日就是豁出咱家這條性命，也不會讓這些賊子逃走！」

南宮月點點頭，轉身對著一直在戒備中的神妙說道：「大師，我們開始吧！」

「道友何人？」神妙還沒有搞清楚對方的身分。

南宮月冷冷的一笑，「貧道就是貧道，大師何須知道在下的名字，只要大師今日能夠留得性命，自然知道貧道是何人！」

神妙聞聽南宮月那輕蔑的話，頓時勃然大怒。單手虛空一抓，將散落於地面的念珠抓在手中。真氣流轉之處，念珠發出刺耳的厲嘯。

神妙狠狠地說道：「道友好大的口氣，老衲倒要看看道友有何等的道行！」說著，他向前大踏一步，龐大的氣場自他的身體發出，頓時將南宮月籠罩在其中。

南宮月冷冷一笑，身後的長劍驟然發出了一聲清脆的劍鳴。

一聲劍鳴讓神妙氣機一亂，更讓他難受的是，南宮月那輕輕一讓，幾乎在瞬間失去了她的氣息。發出去的氣場頓時落空，那空蕩蕩的感覺險些讓神妙吐出鮮血。

就在神妙氣機一亂之時，南宮月背後長劍激射而出，發出悠然的龍吟之聲。在場眾人頓時感到處身於一片無盡的虛空之中，縹緲間充斥著無窮的劍氣！

神妙的臉色大變，由於南宮月的主攻目標是他，所以他此刻的感受更加深刻。南宮月似乎在瞬間消失了，消失得無影無蹤，與整個天地合而為一，天地間只有一把劍，一把無所不能的長劍。

神妙大喝一聲，不敢輕視眼前這個年輕的女子，他知道這個道姑的功力遠遠超過了方才的高秋雨，一個不小心，恐怕自己今日難以脫身。雙手將念珠捧起，柔軟的念珠頓時化作了一條鋼鞭，神妙不敢有半點的懈怠，運足了全身的功力感受著南宮月的存在。

於虛空中傳來一個清脆的聲音，「大師，請先接貧道這地煞劍式！」頓時虛空之中繁星點點，閃爍無蹤，此起彼伏。於點點的繁星中突然閃出一片劍雨星光，速度奇快無比，眨眼間將神妙籠罩其中。

「觀星論劍訣！」神妙失聲喊道。他頓時知道對方的身分！雖然這些年來他未曾走動江湖，但是對這觀星論劍訣還是聽說了不少。他知道南宮月，更瞭解當年南宮月和許正陽兩人在東京合鬥扎木合師徒，對於這個傳說中的女人，他當真是心有忌憚。

神妙竭力地揮舞手中的念珠鋼鞭，準確地擊打在飛射過來的點點繁星之上！每一次的接觸，神妙都感到那繁星之中蘊涵的奇奧真氣直撼自己的心脈。一陣急促的金鐵交鳴聲後，神妙的身體向後飛射，落於三丈之外，他臉色有些蒼白，只覺得右手發麻，幾乎已經失去了知覺。

「大師好身手，能夠將貧道這地煞劍訣破除，不愧有天下第二高手的稱號！」南宮月的身形幻現出來，她的臉色也有些蒼白，但是氣機悠長，絲毫不亂。

「南宮月，妳為何要幫許正陽？難道妳不知道許正陽乃是妳的殺父仇人嗎？」神妙氣急敗壞地說道。

「我父是軍人，他死在戰場上，這是他的宿命，怎能說是死於許正陽手中？」南宮月聞聽神妙的話語，臉色頓時沉了下來。

「妳這個貪戀姦情的女人，忘記了自己的父兄之仇，還有臉在這裏出現，當真是無恥到了極點！」神妙大聲地罵道。

南宮月臉色難看，她看著神妙久久不語。半晌之後，她恢復了平和的神色，柔聲地說道：「大師，我念你是一代高僧，多年修爲得來不易，所以方才手下留情！地煞劍式雖然繁瑣，卻是我觀星劍訣中威力最小的一式。沒有想到你如此不知好歹，那麼就接我北斗劍訣再說！」

話音一落，南宮月的身形再次幻滅，虛空再現，神妙頓時感到心中一片的空虛。一聲淒厲的劍嘯，點點的繁星再現，將神妙牢牢地鎖在漫天的劍雨之中。於劍雨中暴射出七道劍光，劍氣發出轟鳴，虛空中雷聲陣陣。七道劍光由小變大，如同烈陽一般，神妙只感到從那七道劍光上傳來的真氣幾乎將自己淹沒！

嘶聲大吼，神妙不敢再有半點猶豫，他將手中念珠扔在地上，雙手合盤，使出自己尚未修成的般若合盤掌，身體頓時幻成七道身影，迎向劍光。

「北斗主死，劍下無生！」南宮月那冷冷的聲音響起，彷彿來自九天之外的神靈。

同樣的劍式，在南宮月手中和許思陽手中使出，宛如天地之別。

「轟！」的一聲巨響，彷彿一個焦雷迴響眾人的耳邊，狂湧的氣勁暴射而出，看似沒有任何規律的氣勁，卻又玄之又玄飛向正在打鬥中的東瀛武士。

兩聲淒厲慘叫，兩道人影飛出，落在地面蕩起了無邊的灰塵。兩個身穿黑衣的東瀛武士全身的骨節似乎都已經粉碎，口鼻中鮮血狂湧，瞬間失去了聲息。

神妙全身的僧衣濕透，他口中粗氣狂喘，臉色煞白，幾乎已經沒有了顏色，鮮血自他的口中流出，神妙在這一擊中被南宮月強絕的劍式擊傷！

「好功夫，北斗之下，大師尚能活命，看來確實有些本事，那麼再看看貧道這絕強一劍！」話音剛落，南宮月顯身於半空之中，彷彿掌控漫天的繁星一般，身後顯得深邃無比。

劍嘯聲起，南宮月身體與長劍融為一體，飛嘯而出。劍氣呼嘯中，一道滾筒粗細的長龍幻化而出，強烈的劍光讓所有人都無法睜開眼睛！

「帝星真武，萬物俱滅！」隨著南宮月的聲音響起，幾個衝上來救援神妙的高手頓時被淹沒在悠長的劍光之中，沒有任何聲息。

神妙心神俱裂，他知道自己完全無法對抗這一劍，全身功力運轉之處，他想要做絕死的一擊！

就在這時，一個嬌柔的聲音響起：「神妙老賊，還我小弟命來！」自後宮中飛出一道人影，口中絕望的喊道。

南宮月劍式微微一頓，就在這一頓之間，神妙看出了一線生機。他飛身躍起，口中喊道：「快撤！」身體在空中一閃而逝！

南宮月沒有想到神妙居然逃走，她心中大怒，口中嬌叱道：「侍衛們給我讓開！」話音一落，那長龍空中盤旋，回轉中，將一干想要逃走的高手籠罩其中。

飛奔出來的憐兒被眼前的景象驚呆了，她張著嘴巴，半天說不出話來！

長龍一逝，南宮月全身沾滿了血跡，那樣子恐怖至極。她氣息有些微亂，閃身於憐兒面前，急急地問道：「妳小弟如何了？」

憐兒清醒了過來，她雖然不知道眼前這個道姑是什麼人，但是她知道這絕不是敵人。喘了一口氣，她急急地說道：「方才後宮中潛入了大約三十多名高手，我和小弟許傲與眾侍衛和他們搏鬥，小弟在失神之間被擊成重傷，眾侍衛死傷慘重！」

「那妳為何離開後宮？」

「天一師祖和天火師祖兩人雲遊回來，恰巧碰上，兩人在後宮將來犯之敵殲滅，正在指揮眾侍衛打掃戰場……」

「馬上去找太醫，妳娘已經身受重傷，而且臨盆在即！」說罷，南宮月身形一閃，向後宮逸去。

此時，憐兒才看到已經昏迷在許思陽懷中的高秋雨，看高秋雨那氣息微弱的模樣，憐兒頓時驚慌了起來，連忙飛身向皇宮外逸去！

「阿娘！阿娘！」許思陽高聲地喊道。

「快，快將娘娘抬到宮中……」丁銳憂急地喊道。

皇宮中一片慌亂。

開元外城。

鍾離華站在城樓上，滿臉疲憊。全身的甲冑似乎都像被血水浸泡過一樣，從上到下散發著一股血腥味！她的手中已經換成了一把雪亮的斬馬刀，刀口已經微微打捲。

三十天來，她日夜在城樓上指揮廝殺，在她的身體力行下，城樓上的將士們將東瀛的士兵一次一次擊退。城下堆滿了屍體！天氣已經漸漸炎熱，城樓上瀰漫著一股令人作嘔的腐臭氣息！

鍾離華微微地喘息著，疲憊的用斬馬刀支撐著自己的身體，剛才的一場防禦戰中，對手甚至衝上了城樓！足足有近千人在城頭和己方的軍士們搏鬥、廝殺！她一邊吶喊著，一邊指揮著將士們奮力廝殺，同時自己也揮舞著斬馬刀不停地劈斬。

這許多天來，鍾離華已不記得自己到底殺了多少人，只知道手中的斬馬刀換了十幾把！從小到大，雖然跟隨著祖父征戰沙場，但是，她從來沒有見到過如此殘酷的殺戮，她感到自己真的成長了許多，在血水的浸泡中，她的心已經變得如同鐵石一般堅硬！

在剛才的搏鬥中，鍾離華自己也受到了一些小傷，雖然並不礙事，但是也讓她暗暗的心驚！她心驚的不是自己身上的傷，而是對手那頑強的鬥志。東瀛的將士似乎完全泯滅了人性，在後援斷絕之後，他們依舊是拼死搏殺，沒有一個人投降，攻上城樓的千人全部戰死，這種視死如歸的精神讓鍾離華感到有些害怕！

三十天的戰鬥，開元守軍已經損失慘重，如今在城頭上的，大部分都是自願加入的百姓。他們和城樓上的士兵一起奮勇殺敵，但是畢竟是沒有受過任何訓練的百姓，所以死傷之慘重，讓鍾離華感到心驚！雖然有百姓的支持，但是城樓上如今能戰的士兵已經不足三千人，而且大部分人的身上都帶著不同程度的傷。從內城調來的一千軍士也已經投入了戰鬥，這是開元最後的一點兵力，鍾離華明白，如今的內城沒有一兵一卒，甚至連皇城內的侍衛也大部分加入了攻防戰！如果對方派遣高手進入皇城，那麼……

鍾離華不敢想下去。她看著遠處正在整頓軍馬的東瀛陣營，不由得心中一陣擔憂！

「娘娘，喝口水吧！」鍾離華的身後遞過來了一個碗，碗中還漂著一層血絲，令人看上去就覺得有些噁心。鍾離華接過碗，一口飲盡，扭頭看看身後的仲遠。

經過三十天歷練的仲遠和鍾陽已經完全成熟了！他們的臉上再也看不到半點的稚氣，雖然形容憔悴，但是卻有一種幹練的精明透出。鍾離華欣慰地笑了。

「娘娘，看樣子，賊人馬上就要開始進攻了！」仲遠低聲說道。

鍾離華點點頭，輕聲地說道：「是呀，馬上就要開始了！」

「娘娘，我們已經沒有箭了！」仲遠艱難地說道，「城上的灰瓶、滾木檑石都消耗殆盡，桐油也沒有了……」

鍾離華神色微微的一變，她扭頭示意離自己較遠的鍾陽過來。鍾陽緩緩地走到了鍾離華的身邊，鍾離華將手搭在兩人的肩頭，低聲地說道：「小遠，小陽，告訴本宮，你們害怕嗎？」

搖搖頭，又點點頭，兩個年輕人沒有說話。

鍾離華看了看遠處已經整頓好隊形的東瀛大營，低聲說道：「一會兒如果你們見到事情不妙，就立刻離開！」

「娘娘……」

「不要打岔，聽本宮說！」鍾離華制止兩人的話語，「如果我們真的支持不住，你們立刻前往皇城，保護梅皇后、高娘娘和眾位皇子離開！他們是皇上最為寶貴的財富，千萬不要讓她們受到半點的傷害！」

「那娘娘妳呢？」

鍾離華的臉上露出決絕的神色，她看了四周一樣疲憊的將士，低聲的說道：「本宮要在這裏堅守到最後一刻！看看這些勇士們，他們雖然已經疲憊不堪了，但是卻還保持著旺盛的鬥志，他們是帝國的驕傲，本宮不能將他們拋棄！」

「可是……」

「不要可是，也沒有可是！如果你們真的效忠帝國，效忠皇上，那麼就聽從本宮的吩咐！本宮還有五十名侍衛，我已經交代了他們，他們將跟隨你們……」鍾離華話音還沒有落下，突然間城外的東瀛大營中號角連天，整頓好人馬再次向城樓狂湧而來。

「記住本宮的話！」鍾離華握緊手中的斬馬刀，大步走到了城頭前，一刀將城頭上的一塊大理石劈下，大聲地說道：「將士們，將城頭的石頭取下，我們和賊人拼死一戰，為帝國效忠的時候到了！」

隨著鍾離華的話音響起，城頭上的將士們同時高聲地喊喝著：「帝國萬歲！」

身後的仲遠和鍾陽眼角濕潤了。

東瀛的士兵瘋狂地再次發動了攻擊，他們衝過了早已經填平的護城河，瞬間衝到了城下。

從城頭上如同雨點般砸下石頭，但是密集的石頭並不能阻擋東瀛士兵瘋狂地撲擊，他們將城下丟棄的雲梯再次搭起，冒著雨點般的石頭向城頭撲來！

鍾離華毫不畏懼，手中的斬馬刀帶著呼嘯的勁氣，如同割草一般，將衝上城樓的東瀛士兵砍下城去，城頭的屍體砸了下去，發出沉悶的聲音，但是敵人已經如潮水般湧來。

「娘娘，西門城破，鍾炎將軍戰死於城西！」

「娘娘，南門被攻破了，仲遠將軍自刎殉國！」

……

一連串的噩耗傳到了鍾離華的耳中，但她已經沒有空暇來理會這些消息了！她的身邊已經倒下了數百具東瀛士兵的屍體，手中斬馬刀已經殘缺。

「將士們，讓我們為我們的帝國戰到最後一刻！」鍾離華高聲呼叫道，她的聲音傳遍了整個城樓。

「帝國萬歲！」士兵們似乎瘋狂了，他們絲毫不去理會砍向自己的戰刀，他們瞪著通紅的眼睛，手中揮舞著兵刃，向衝上城頭的東瀛士兵撲去。

更有已經受傷的士兵，他們用盡自己最後的一點力量，將身邊的敵人撲倒，用他們的牙齒咬斷了對手的喉嚨。

鍾離華一刀將一個千戶模樣的軍官砍下城樓，馬刀拄地，她從身邊取出一把短劍。她知道自己已經沒有力量再戰下去了，與其被敵人抓去侮辱，不如自己了結！

夫君，皇上，妾身不能再陪你了！鍾離華在這一刻，腦海中突然閃現出當日與許正陽結識的情形，臉上露出了一種幸福的笑容。

她閉上眼睛，短劍揚起，向腹部就要刺去。就在這千鈞一髮之際，一聲悠長的厲嘯，那嘯聲中充滿了憤怒，帶著無盡的殺氣，似乎要將天地毀滅！

就在這嘯聲響起之時，另一個嘯聲也隨之響起，兩種嘯聲，同樣帶著無窮的殺機，瀰漫在蒼穹之中。鍾離華笑了，她聽出這嘯聲是發自於何人的口中，神色激動，她大聲喊道：「將士們，我們的援兵到了！我們的皇上回來了！」

一聲高呼，帶起了一片的歡呼，已經無力阻止敵軍攻擊的士兵們頓時生出了無窮的力量，他們叫喊著，瘋狂地將一個個衝上城樓的敵人逼下城牆。

鍾離華看到最後一個敵人被砍殺之後，全身再也沒有半點的力量。多日緊繃的神經在這一刻頓時鬆弛了下來，她身體一晃，一頭栽倒。

我和梁興在蘭婆江會合之後，日夜兼程，帶著血殺團和五千閃族鐵騎，瘋狂地向開元趕去，一路上，我不時可以感受到惜月心靈的召喚，她在向我求援，她在向我報告戰況！我知道開元依舊在我們的手中。

於是我更加著急，不敢有半點的懈怠，我和梁興跨坐烈火獅，飛馳在欲望平原，衝過了天京，開元就在我們的眼前。

可是我失去了惜月的感應，我有一種不祥的預感升起！看著遠處的東瀛大營，我眼中噴出了怒火，回頭看看梁興，他此刻臉上也沒有半點的感情，但是我卻可以感受到他心中那強烈的殺機！

梁興和我對視了一眼，我們彼此都瞭解了對方的想法，互相點了點頭！身後的陸非帶著血殺團和閃族鐵騎趕了上來，雖然千里狂奔，但是沒有一個將士脫離隊伍。

再次看了一眼眼前密密麻麻的東瀛大營，我回頭向身後的將士們說道：

「將士們，前面是東瀛的大軍，他們人數眾多，而我們只有一萬人馬！但是我們的兄弟還在開元浴血，告訴朕，你們怎麼想？」

「殺回開元！」身後的將士們同時發出了震耳欲聾的呼聲。

「那我們還等什麼！」我發出一聲長嘯，多日壓在我心頭的鬱悶在這一刻宣洩而出，我的心中只有殺戮，我在為戰鬥而感到快樂！

一馬當先，我跨坐烈焰衝入了東瀛的大營，梁興緊緊跟隨。在我們的身後，還跟著血殺團和無敵閃族鐵騎！

劈手將一名衝到我面前的東瀛敵將手中的長槍奪取過來，然後我隨手一拳，將那員給我送兵器的敵將連人帶馬整個轟飛起來。

我和梁興兩人同時口中發出一聲怒吼：「殺！」就好像平地焦雷響起一般，整個東瀛的大陣都騷動了！

人驚了，馬驚了！這是修羅發出的絕殺，這是夜叉吼出的咆哮。身後的血殺團和閃族鐵騎也在動，他們是在飛掠，跟隨著我和梁興飛掠！帶著死亡和血腥。

梁興手中的飛翼發出尖銳的厲嘯，如同魔音貫耳一般，淒厲的鳴響！這是死神的召喚，飛翼大戟，大開大合，劈砍刺削，如戰神的狂斧，破開一切敢於阻路的事物。不管是人，是馬，或是……天！

我手中的長槍幻化成了無邊的槍影，奔騰的勁氣令每一個接近我的敵人都被我簡單一刺，身上爆出一個拳頭大小的血窟窿。

陸非雖然功夫尚未到家，但是那只是與我和梁興相比較。從某種程度上講，他的身手已經可以和天榜中前十位的高手抗衡！他手中的噬天化成了漫天的風雪。

風花雪月雖然美麗，但是真正和陸非面對的時候，卻成了一件人世中最爲可怖的事情。

在我們的身後，還有著如同魔鬼一般的血殺團和龍捲風一般的閃族鐵騎。血殺團，他們的骨幹成員乃是當年從亢龍山下來的弟子，雖然擴充到了五千人，但是在天一等人的教導之下，已經成爲了江湖中難見的好手！而閃族鐵騎，更是臉上紋著可怖的圖案，雪亮的斬馬刀，雨點般的利箭飛射。

雖然只有一萬人，但是卻有著百萬人的氣勢！

連日征戰的東瀛大軍早已經疲憊不堪，如今被這樣一群如同殺神一般的人馬衝殺，頓時整個大陣亂了起來。雖然有將領不斷督促，但是已經沒有士氣的隊伍，是無法抵抗我們如此犀利的衝殺。

我有些厭煩了，眼前的這些東瀛士兵在我眼中顯得是那樣的討厭，他們擋在了我的面前，他們使我無法和我的妻兒相見，我真的生氣了！

士兵驚呼著四散逃竄。

眨眼間，我們衝過了東瀛的大營，眨眼間，我們來到東瀛的後方，再一次眨眼間，我們已經衝到了東瀛的陣前！

東瀛大軍開始後退了，他們被我們的恐怖殺戮震撼了！我跨坐烈焰於城外，看著漸漸向後退去的東瀛大軍，嘴邊升起了一抹冷笑。

在他們的身後，還有五萬閃族鐵騎在納蘭和巫馬的帶領下，等待著他們的到來。

陸非和伯賞清源兩人指揮著眾人迅速地衝進了城中，將已經衝入城中還沒有來得及退去的東瀛士兵團團地包圍。看著城中跪在地面上乞求投降的東瀛士兵，我突然笑了，扭頭看看梁興，他的眼中閃爍著無窮的殺機！顯然開元的慘狀讓他已經怒火中燒。

「皇上！」兩個年輕的將領抬著一個渾身血污的女子來到了我的面前，他們跪下來向我行禮！

這些都是我帝國的勇士！我跳下了烈焰，伸手將他們扶起，就在那一刹那，我認出了那滿身血污的女子，正是我的妻子——鍾離華！

我連忙將她摟住，一股祥和的真氣緩緩地輸入了她的身體。

我聽到梁興向那兩個將領問道：「娘娘怎麼會在這裏？」

「啓稟王爺！娘娘三十天來一直指揮我們作戰，她剛才在擊退敵人之後，昏了過去！」

我抬起頭，看著眼前同樣憔悴的將領，沉聲地說道：「你們做的好，你們將敵人擊退，保住了我們的王都，也救了娘娘，說吧，你們要什麼樣的獎賞，朕都可以答應你們！」

兩員小將同時跪在我的面前，他們痛哭失聲，「皇上，我等不要獎賞，只請皇上發兵東瀛，爲末將的爺爺報仇！」

「你們的爺爺？」我疑惑地問道。

「末將的爺爺就是振武將軍鍾炎、奮武將軍仲玄！」

我聞聽一驚，連忙問道：「鍾炎和仲玄兩位將軍怎樣了？」

「爺爺已經戰死殉國了！」

我乍聽一陣眩暈！鍾炎和仲玄兩人自從跟隨我之後，立下了許多汗馬功勞，兩位老將軍對我忠心耿耿，卻沒有想到……

「放心，朕不會饒過東瀛賊子，今日血仇，必然要用血來償還！」我咬牙切齒道。

「謝皇上！」兩員小將痛哭流涕，拜倒在地。

我剛要開口，懷中的鍾離華身體一動，緩緩地醒了過來，看到在我懷中，鍾離華的臉上閃過一抹羞紅，她嘴張了張，剛要說話，我連忙阻攔，「小華，不要說話，都是為夫不好，累得妳也如此……」

「皇上，妾身無礙。請皇上速往皇城。今日夜裏，皇城傳來喊殺，但是外城吃緊，妾身一直沒有去探查。皇上趕快去，不要讓兩位姐姐和孩兒們受到任何的傷害！」

我聞聽身體一顫，但是看著鍾離華虛弱的模樣，我又不忍心將她放下。

「皇上，皇妃就由我來照顧，你速去皇城吧！」梁興這時開口，他的身後，早有士兵做好了擔架。

我將鍾離華抱起，放在擔架之上，在她的耳邊低聲說道：「小華，不要擔心，我馬上就去。妳好好休息，從現在起，開元將固若金湯！」

鍾離華臉上露出笑容，她緩緩地閉上了眼睛。

我跨上烈焰，向皇城飛馳而去。午門外，大門洞開，門前的侍衛顯得疲憊不堪。他們看到我來到，連忙施禮，我已經無暇回禮，徑直衝進了皇城之中。

皇城內空無一人，我不禁感到有些奇怪。跳下烈焰，我大步走向後宮，才走到了坤寧宮前，碰到了匆匆走出來的丁銳。他一看到我，不由得眼淚橫流，跪倒在我的面前，失聲痛哭。

我心裏產生了一種不祥的預感，一把將丁銳抓起，我急聲的問道：「丁銳，秋雨和惜月如何了？」

「皇上！」丁銳說了兩個字，再次哭出聲來。

「娘娘她，高娘娘她，她歸天了！」

我只覺得一陣天旋地轉，一頭朝地面栽去。

丁銳一把將我扶住，「皇上保重龍體呀！」

我搖搖頭，示意我沒有事情。深深地吸了一口氣，我聲音顫抖地說道：「秋雨現在何處？」

丁銳沒有回答，他的臉上帶著濃郁的悲傷之色，用手向身後一指。

我放開他的胳膊，大步向坤寧宮衝去。

坤寧宮中，被一片慘澹的愁雲籠罩。所有人臉上都帶著悲苦神色。小雨是在我這三個妻子中最受宮女和內侍喜歡的人，她從來不在他們的面前擺出娘娘的架子，也從來不會大聲斥責人，在眾人的心目中，小雨是一個平易近人的娘娘。如果有人犯了錯誤，她會想方設法為他掩飾，如果有人有了困難，她會毫不猶豫地伸出手幫上一把！她會和宮中的侍衛們比試，她會和宮女們開玩笑。雖然惜月為了此事說過她多次，但是每一次她都是當面答應，扭過頭去就忘得一乾二淨……

此刻，那平日活潑好動的小雨就那樣安靜地躺在床榻之上！思陽安靜地坐在她的身邊。

現在，她沒有一點的反應！她的臉上還帶著點點的血污，但是卻無法掩飾住她那甜美的風姿。她的嘴角微微上翹，似乎在笑，她一定夢到了什麼高興的事情！我知道，她只是睡著了，她的面容是那樣的安詳，她根本就是睡著了。

我的手指拂過她那還帶著一絲溫熱的臉頰，鼻子微微發酸。自從當年我在皇陵中哭過之後，一直以來，我從來沒有流過眼淚。只是在這一刻，我又一次感到了撕心裂肺的疼痛！

「小雨……」我口中輕聲的念著她的名字。腦海中在瞬間閃過了我和她的一幕幕情景。

天京的酒樓之中，她雙手化成掌影幢幢向我撲擊；

在黃府中，她拉著我的手向我請教武功；

三柳山上，她依偎在我的懷中，和我緣定三生；

雪地荒野中，她將我抱在懷中，失聲地痛哭；

還有在開元帥府的重遇，那充滿禪韻的劍法……

「小雨……」淚水再也無法忍住，我失聲痛哭。

「皇上，請皇上保重龍體！」宮中的宮女們一起跪在我的身前，但是我恍若未聞。此刻在我的心中，只有小雨！

「阿爸！」一個稚嫩的聲音在我的耳邊響起。我睜開朦朧的睡眼，看到思陽此刻也是滿臉的淚水，他站在我的身前，低聲地說道。

我一把將他也摟在懷中，我感到思陽的身體在顫抖。

我轉過頭，向站立在床榻前的宮女說道：「娘娘是怎麼去的？」

宮女們沒有回答。思陽在一邊說道：「阿爸，是大林寺的神妙帶領東瀛和大林寺的高手潛入皇城。本來阿娘是可以戰勝他們的，但是卻因爲臨盆而突然失手，重傷在神妙的千佛幻魔手中！」

「阿娘？思陽，你為何叫阿娘？」

「是師父讓我這麼叫的。阿娘走前一直抓住我的手，阿爸，她和我的阿娘一樣，我可以感到她在看我時眼中的慈愛，她就是我的阿娘！」思陽抽泣地說道。

依舊是沒有人敢回話。我心中升起了一股無名的怒火，剛要發作，思陽再次說道：「娘娘的骨肉呢？」

「阿爸，弟弟他……」他也沒有說下去。

我頓時明白了！將秋雨的身體緊緊摟住，我低語輕聲地說道：「小雨，妳聽到了嗎，雖然我們沒有孩子，但是有人叫妳阿娘！我知道妳一直都在內疚，因為這麼多年來妳都沒有懷上身孕。但是，傻丫頭，妳知不知道，我從來沒有怪過妳，對我來說，妳比任何人都重要！聽到了嗎，終於有人叫妳阿娘了，妳再也沒有遺憾了……」說著，我的淚水再次流淌下來。

丁銳緩緩地走到了我的身邊，他在我的耳邊輕聲說道：「皇上，您，您最好去看看皇后吧！」

我抬起頭，看著丁銳，冷冷地問道：「皇后怎麼了？」

「這……皇上，您還是去密室中看看就知道了！」

我的心頭再次有一種不祥的預感！不會的，一定不會的……

我站起身來，將小雨的身體輕輕的放下，對丁銳說道：「好好的照顧娘娘，朕去去就來！」說著，我大步向宮外走去。

穿過了御花園，我匆匆的向密室中走去！這間密室是梅惜月當年要我在花園中隱秘之處修造。當時我並不知道惜月要這密室究竟有何用處，如今我已經稍稍明白了。

在一處假山之後，我看到天一、天火兩人在密室外不停地走動，他們神色焦慮地向密室中探望著。看到我來，兩人連忙施禮。

對於這兩個亢龍山碩果僅存的師叔，我從來都沒有什麼皇上的架子。連忙將他們扶住，低聲地問道：「師叔，惜月怎麼了？」

「皇上自己進去一看就知道了！」

三步並作兩步，我衝進了密室之中。

南宮月和憐兒站在密室中。憐兒此刻臉上掛滿了淚水，她一看到我，頓時失聲地哭喊道：「義父！」

我向南宮月點了點頭，急急地問道：「憐兒，妳義母在何處？」

憐兒抽泣的用手一指身後，我順著她手指的方向看去，只見在她們身後的床榻上，躺著一個人。我看到那人心神不由得一震，那滿頭的白髮，滿臉的皺紋，讓我感到是那樣的陌生！

「她是誰？」我疑惑地問道。

「義父，她就是義母呀！」憐兒痛哭道。

不可能！我簡直無法相信自己的耳朵。

走上前，我仔細打量，從那佈滿皺紋的面孔上，我依稀看到了惜月的風姿，只是如今她已經紅顏不再，宛如一個六七十歲的老嫗！

「惜月！」我失聲地喊道。

她的雙眼依舊緊閉。我連忙將她扶起來，她的氣息猶在，一股祥和的真氣緩緩地流轉在她的經絡之中，我發現她竟然生機皆無！

「這是怎麼回事？」我厲聲的向憐兒問道。

「義父，自從開元危急之後，義母就用心海回音之術向你求援。三十日來，爲了與你的心神相連，義母從未停止過施法。這種心海回音之術最爲耗費心力，義母身體本就不好，又再如此的透支生命，她……」憐兒抽泣地說道。

「妳明知道這密法對妳義母的生命有害，爲何不阻止她施法？」

「義父，非是憐兒不阻止，而是從義母施法之後，密室便被一種無形的氣體相隔，我們不敢去強行突破，因爲那氣體就是義母用生命和天地相連的氣機，一旦強行突破，首先受到傷害的就是義母呀！」

我沒有再說話，惜月的脾氣我是瞭解的。這個師姐平日雖然性子柔和，但是一旦使上了性子，不要說憐兒，就是我也勸說不動。看著她蒼白而衰老的臉龐，我心緒無法平息。

「正陽！」惜月在我真氣的救助之下，緩緩地睜開眼睛。此刻，她雙眼中往日的神采已經不見，是那樣無神！我的心不由得一痛。

「師姐，妳爲何這樣的任性？」我痛苦地說道。

「正陽，你回來了，太好了！」她的聲音是那樣的虛弱，似乎每一個字都耗費了她全部的力量，「我現在的樣子是不是很醜？」

我搖搖頭，沒有說話。因爲我不知道該怎樣說，突然間，我心中無比後悔，後悔當日出兵，結果……

「不要騙我，我知道的，呵呵！」她輕聲笑了兩聲，然後又繼續地說道：「秋雨她們好嗎？孩兒們好嗎？」

我強忍著悲痛點點頭，還是沒有回答。

「那就好，如此也就不枉我施法向你求援了！」惜月臉上露出一絲欣慰的笑容，她輕微的咳嗽了兩聲，「正陽，你為何臉色這般難看？難道你有什麼心事？」

我強擠出一抹笑容，「師姐，沒有呀，我很好！」

「不要騙我！正陽，你知道師姐有多麼的聰明，你根本無法瞞過我的眼睛！」

「真的沒有！」我的心在抽搐。

「正陽，不要為妾難過，妾身此生能夠與你相伴十餘年，已經是很開心的事情了！妾身以不潔之身嫁你，主掌後宮。原想看著你一統天下，但是現在……」惜月又一次咳嗽了起來。

「師姐，妳會看到的，妳一定會看到的！」我連忙說道。

「正陽，不要騙我。我自己心裏清楚！」惜月輕聲地說道：「妾身這青衣樓的密法，施展之後究竟是怎樣的結果，妾身不會不明白。妾身只是後悔，後悔以前沒有能夠對你好一些。每次見你，總是挑你的毛病，正陽，你不恨妾身吧！」

身邊的南宮月和憐兒低聲地抽泣了起來，我搖了搖頭，輕聲的說道：「師姐，正陽怎麼會？能夠得到師姐妳的指點，是正陽這一世的福氣！」

「咳咳咳！」惜月咳嗽了起來，她伸出手，在我臉頰輕輕的拂過，柔聲的說道：「正陽，妾身現在還要說你！」

「師姐請說！」

「當日你要出兵，我始終不同意這樣做，但是你一意孤行，卻造成今日的局面。你可知為何？因為你心中有太多的執著，因為你太自信！人不能沒有自信，但是有時候，卻不能太自信，太自信了，就是自大！」

「謝謝師姐指教！」我低聲說道。

「以後妾身不能再說你了，你自己要多思考，凡事與大哥多多商量！不要懷疑大哥，他是這個世界上對你最忠心的兄弟！」

「嗯！」我再也說不出話來，我已經感到了惜月的氣機越來越弱，我的心越來越冷。

「正陽，妾身好累，妾身要休息了！」惜月的雙眼漸漸合攏，她低聲地說道：「你說妾身……」

我只感到惜月的頭無力地向我懷中一歪，頓時，我再也無法感受到她的半點生機。

「惜月！」我痛苦地喊道，一面向她的體內輸入真氣，我一面對憐兒大聲的喊道：

「憐兒，快去叫太醫！」

早在惜月歪倒在我懷中的一刻，南宮月已經閃身上前，她一手抓住惜月的脈門，眉頭緊鎖。

我帶著希翼的目光看著小月，我等待著，等待著她給我一個奇蹟！

「正陽，對不起！」南宮月低聲說道，她的眼圈已經紅腫。

「不！」好半天，我發出了一聲歇斯底里的吼叫，「惜月沒有走，惜月說她只是累了！小月，我求求妳，求求妳救救她，我願意用我整個帝國來交換惜月，來交換小雨……」

就在這一刻，我心中的悲傷再也無法抑制，我對著南宮月狂喊，眼淚已經順著眼角流出，劃過了我的面頰，滴落在惜月的臉上。

「正陽，你理智些！」小月哽咽地說道：「你這樣子，會讓所有人難過的！」

「惜月沒有死，惜月沒有死！」我的聲音漸漸低落了下來，口中在不斷喃喃自語。

南宮月將手放在我的肩膀上，她低聲的說道：「阿陽，還有一件事情要告訴你！」

好半天，我用冷冷的聲音說道：「說吧！」

「傲兒在拼鬥中也身受重傷，我以先天真氣將他的傷勢穩定，但是……」小月有些猶豫。

「小月，說吧，我受得了！」此刻我的心已經麻木了，再壞的消息也無法讓我的心再起波動。

「傲兒沒有生命危險，但是他身體的經脈受到嚴重的打擊，武功全失，而且再也無法恢復！」

「誰下的手？」我的聲音陰冷。

「大林寺，天智！」憐兒接口道。

我沉默了一會兒，突然開口道：「妳們出去吧，我想一個人待一會兒！」

「阿陽！」南宮月開口道。

「沒事，妳們出去，我要一個人靜一下，我要一個人想一想！」我的語氣不容任何人抗拒。

南宮月和憐兒嘆了一口氣，緩緩退出了密室。

密室門關住了！一片的黑暗，我的心也隨之沉寂了！

爲什麼我總是遇到這樣的事情?爲什麼上天總是在與我不斷開著這樣的殘酷玩笑？

我才剛體會到了生活的樂趣，但是這個賊老天卻這樣無情的將我僅有的一點快樂奪走！

我的心中在不斷地吶喊著！

身邊停放著惜月的屍體，在外面還有小雨的屍體也靜靜地躺著……

從我出生那天開始，我的家人離開了我，童飛離開了我，夫子離開了我……如今惜月和小雨也離開了我！難道我真的就是這麼不祥的一個人？所有的親人都要離我而去，究竟是為了什麼！我坐在漆黑的房中，腦海中一片的空白。

過往的一切閃電般在我腦海中飛掠而過，我似乎在為我的一生做一個總結。從奴隸營到開元，從開元到西環，從西環到東京，然後從東京再到開元……我似乎經歷了一個奇怪的循環，在開元，我踏上了一條爭霸天下的道路。

我的雙手沾滿了血腥，在我手下的亡魂我已經無法計算清楚！為什麼我沒有事情，為什麼像我這樣一個雙手沾滿血腥，滿身罪惡的人還這樣活著？而小雨和惜月她們卻死去……

力量，這個世界只崇尚力量！好人不一定會有好報，但是像我這樣滿身罪孽的人卻可以長命百歲！我明白了，什麼天命，那不過是弱者對自己的一種安慰，這個世界只有強者才能存活，這個世間只有殺戮才能長久。既然我的敵人渴望殺戮，那麼我就給他們殺戮！既然他們需要血腥，那麼我就給他們血腥！我心中的殺機不斷在膨脹，我的心在這一刻已經死去！

突然間，我的腦海中閃過一個故事，那是那時我失去武功的時候，明亮大師託小雨為我帶來的！

一個男人在外面看到了一個女人的鼻子很漂亮，於是他想，如果這個鼻子長在我妻子的臉上也一定很漂亮。他上前將那個女子的鼻子割去，然後回去後將自己妻子的鼻子也割去，但是卻無法安上……

初看這個故事有些可笑，但是仔細想想，不正是我自己的寫照？我就像那個男人一樣，而墨菲就像那個鼻子很漂亮的女人，我的帝國，我的妻兒就是故事中的妻子。我為了想要將墨菲拿下，在我根基不穩的時候，自以為是地出兵征討。雖然當時許多人勸阻我，但是我卻一意孤行。到了最後，我雖然陳兵死亡天塹，但是卻失去了我的妻子！

所有的一切都是因為我太以自己為主體，不去想實際的情況，多年的安逸讓我有了自傲的心理，似乎天下間再也沒有什麼能夠難倒我！但是今日的事情卻給了我沉重的一擊，我清醒了過來。

記得高飛曾經說過，我太過於自信！惜月的話也在我的耳邊迴響：太自信就是自大！我不會再犯同樣的錯誤，我發誓！

我站起身來，將惜月的身體抱起，打開了密室的大門。當我走出密室的那一刻，我變得無比的寧靜！

門外，梁興、南宮月等人神色緊張地等待著。他們看到我走出密室，都不由自主地長出了一口氣。

我笑了笑，「朕沒有事情！」我向所有的人說道。說完，我抱著惜月的身體向坤寧宮走去！

從密室到坤寧宮，只是短短的一段路程，但是我走的很慢，很慢！耳邊似乎還不斷地迴響著惜月和小雨的笑聲！

「夫君，你看這花多漂亮！」是小雨，只有她才會說出這麼幼稚的話語。

「夫君，你應該上朝了，老是和我們這些女人在一起，小心別人說你是個昏君，呵呵！」

「……」

我不怕別人說我是昏君，我會告訴小雨，那花真的很漂亮……

可惜，一切都不會再回來了！

我機械般地走著，在這短短的一段路程中，我似乎經歷了一次輪迴。我明白了很多，很多……

第六章　嗜血修羅

走進了坤寧宮，鍾離華已經略微恢復了過來，她正拉著小雨的手，淚水已經濕透了她的衣裳！

看到我抱著惜月走進來，她的哭聲戛然止住，她吃驚地看著我，默不作聲。

我沒有理睬任何人，將惜月的身體放在了小雨的身邊！

「惜月、小雨！妳們好走……」我心中默默地念道，「如果有來生，我還會去找妳們，我們那個時候將會過著幸福的生活……」

思陽和鍾離華站在我的身後，在他們的身邊，高烈、許狂和我的小女兒許月兒也靜靜地站著。梁興等人慢慢地走進了屋中，他們沒有人說話，那死寂的沉默壓得人有些透不過氣！

我緩緩地轉過身來，看著我面前的幾個孩子。除了思陽，其他人臉上都帶著一抹恐懼，他們似乎已經感受到了我即將爆發的殺機！

「你們是我許正陽的孩子，你們知道朕還有一個名字是什麼？」

沒有人回答。

「是修羅，你們的父親是一個嗜血的修羅！而你們的母親，是一個十分善良的人，但是現在，善良的人死了，而你們那個嗜血的父親，依然站在你們的面前！知道爲什麼嗎？」

幾個孩子，除了思陽以外都搖搖頭。

過了好久，我轉過身來，對著身後的陸非說道：「非兒，去召集血殺團，讓他們今日休息一夜，我們明天一早前往大林寺！」

一個人坐在書房中，我在考慮著明日的事情。大林寺，我絕不能放過！他們已經不止一次和我作對，這一次，我不會再有半點的心慈手軟。

我用手輕輕地揉了揉有些發木的太陽穴，感到了一種從來沒有過的疲憊！這種疲憊不是來自於身體，而是來自於我的內心。

往日我處理事情，惜月和小雨一定會有一人在這裏等著我的到來，她們會端上她們親手爲我泡的濃茶，放在我的面前。而現在，雖然有大內的宮女爲我泡上一杯茶，但是我再也喝不出任何的味道！

我感到很冷，很孤獨！兒子不再理睬我了，鍾離華在忙著照顧孩子們，梁興也在忙碌著開元的善後事宜，而惜月和秋雨，她們已經走了……

不論我在人前表現的如何的堅強，但是當這深夜來臨的時候，我依舊感到無盡的空虛在我的身邊！我閉上了眼睛，想要讓自己徹底的忘記過去。

一陣輕輕的腳步聲傳入了我的耳中。那腳步聲如此的陌生，而且十分的微小，幾乎無法察覺！我心中猛然一驚，睜開了眼睛，眼前站著南宮月！

「正陽，我要走了！」南宮月看到我睜開了眼睛，臉上露出了一絲淡淡的清雅笑容。

這時我才察覺到我一直冷落了她。從我回到皇宮以後，我幾乎沒有和她說過一句話，甚至沒有向她表示感謝，一種愧疚的感覺升上了心頭。

「小月，妳要走了？」我沉默了一會兒，輕聲地問道。

南宮月點點頭，「開元的危機已經過去，我想我此來的目的也已經完成了。我本是一個出家人，不應該參與這塵世間的種種紛擾，但是我還是來了。現在一切都已經結束了，我也該離開了！」

「爲什麼這麼快就要走？」我心中突然升起了一種不捨的感覺，輕聲的問道，「小月，能不能留下來？我可以在皇城中爲妳建一處道觀，然後妳在這裏潛心修道，我們也可以時常的見面，這樣不好嗎？」

南宮月說道，「正陽，你知道這是不可能的。小月如今已經不是以前的小月，在我師父圓寂的那一天，我已經答應了她，要把我的一生奉獻給武道！我的生命是在天地之間，而不是在這小小的皇城之中。其實我此次來，是爲了將思陽給你送來，十年了，他已經盡得我的真傳，也許在不久的將來，他會成爲一個了不起的人。而我則要離開東海，雲遊天下……」說到這裏，小月沉默了一陣，好半天，她才緩緩地說道，「正陽，很對不起，我沒有能夠制止這一幕慘劇的發生……」

「這不怪妳！」我輕輕的搖了搖頭說道，「這都是我的不好，是我太任性了！不過，我還沒向妳說聲謝謝，如果不是妳，如今開元的慘劇可能會更甚！」

南宮月沉默了！

「小月，難道妳不能再考慮一下嗎？不要走，好嗎？」我再次挽留她。

南宮月笑著搖頭，說道：「正陽，你我知己，彼此掛念，即使遠在天涯，也有若比鄰，這不好嗎？」

我知道她主意已定，絕不會再有改變。不由得長嘆一聲，「既然妳已經下定了決心，我也不再挽留了，妳什麼時候走？」

「如今明月高懸，我正可踏清風而去，貧道這就向你告辭了！」

「這麼快？」

「你明日就要前往大林寺，而我再留下來，只能耽擱我的修行。所以，還是今夜離去吧！」小月淡淡地說道。

我沉默了。

「思陽性格溫和，而且少年喪母，多年來跟隨我修煉觀星論劍訣，更多的是嚴格督促，而少了一分關愛。正陽，無論如何，你要多關心他一些！」

我點點頭，輕輕地說道，「放心，我會的！」說完，我站起身來，對南宮月說道，「小月，我送送妳吧！」

南宮月略微有些遲疑，但最終還是答應了下來。

沒有通知任何人，我們兩人迎著清風，在夜空中化作了兩道淡淡的煙痕，轉眼消失！

我突然感到十分的震驚，雖然短短的時間，也就是十幾年，小月的身手已經直追我和梁興，我可以感到她的進步，如果要和她一決勝負，我相信沒有千招是根本不可能的！

我們都沒有說話，只是默默地在空中御風而行！走出了開元城，穿過了三十六寨，我們來到了升平草原。

「正陽，你留步吧！」小月停下了腳步，看著我輕聲說道：「送君千里，終有一別，你我就在這裏作別吧！」

「我……」我看著月光下的南宮月，那種脫俗的超凡風韻，突然心中有了一種無法形容的感覺。「小月，我們什麼時候才能再見面？」我訥訥地問道。

「有緣之時，你我自會見面。但是我想，可能沒有機會了！」

「爲什麼？」我連忙問道。

「其實在今天你走出密室的那一刻，我想你已經選擇了一條和我截然不同的道路。你依舊沒有擺脫你的執著，我相信你會成爲天下的霸主。但是我不想，我想飄搖天地間，做一個無憂無慮的人，這就是你我的不同……」小月停頓了一下，接著說道，「不過，正陽，臨別之前，小月還有一句話不知道當說不當說？」

「請講，但說無妨！」

「正陽，我已經看到了在你以後的生命中，將會是籠罩著血腥的殺戮。我不知道該怎樣的勸說你，也許你說的是對的！但是，小月想要提醒你，在殺戮中可以得到天下，但是卻不能用殺戮來治理天下！」小月語重心長地說道。

「小月……」

「好了，話到此打住。正陽，你我今日一別，後會無期！」說完，她向我稽首一禮，「正陽大哥，你多多保重！」

月光撒在她飄然而去的背影，顯得那樣清雅脫俗，我突然生出了一種感覺，她才是一個真正了不起的女人。

「小月，再見，妳也多保重！」我在心中默默地念道。

回過身，我看著遠處如同巨獅一般雄臥於天地間的開元城。這才是我的，它將永遠屬於我！

率領著血殺團，我和陸非一馬當先，風馳電掣般地急行著。遠處傳來了縹緲的梵音，大林寺到了！

爲了防止神妙逃脫，我馬不停蹄地率領一千高手向大林寺進發。雖然梁興等人苦苦地勸說，都無法改變我已經下定的決心！我不管大林寺究竟有些什麼樣的名聲，我也不管它在炎黃大陸上有什麼樣的地位，我只知道，神妙殺了我的妻子，他們讓我最愛的妻子永遠地離開了我……

一路上，我們聽到了各種各樣的消息，青衣樓率先對大林寺展開了屠殺，經過了我的調教的青衣樓，勢力已經不容小視，特別是由雄海率領的赤牙，更是高手中的高手，他們平日都是在江湖中遊蕩，對於各派勢力都十分瞭解，在我們路過的十幾個城鎮中，我看到了高掛在城樓上的頭顱！

當然，也有不少的江湖門派對此非常不滿，特別是青衣樓百年來一直背負著魔教的名聲，他們紛紛向官府訴狀。當我在漠南關收到了朝廷飛馬送來的快報，我不禁笑了。對於這些所謂的名門大派，我只有一個回答。

順我者昌，逆我者亡！這就是我的回答。

於是稍有頭腦的門派紛紛向我表示臣服，當然也有不服的。

「父皇，前面就是大林寺！」陸非的聲音在我耳邊響起。從他跟隨我再次走上金鑾寶殿的一刻，陸非對我的稱呼變了，他不再叫我師父，我是他的父皇，而他將會成為帝國的臂膀，我知道他能！

雄偉的狼胥山，一座莊嚴的寺院座落在那裏。那就是大林寺。此刻大林寺寺院大門緊閉，靜悄悄沒有一點聲音。

「非兒，可曾探清楚神妙老兒是否在寺中？」我冷冷的看著山上的寺院，沉聲問道。

「父皇，自您命令發出，青衣樓已經將大林寺嚴密監視。三日前神妙回到了寺院，一直沒有出來。大林寺這些日子更是戒備森嚴……」

我擺擺手，示意他不用再說下去。

「那麼可曾放跑了一個人？」

「這裏的官軍在十日前開始對大林寺封鎖，方圓百丈之內，都在我們的控制之內，沒有一個人能逃出！」

「好，命令血殺團兩千人自後山攻擊，兩千人分成兩隊自側翼包圍，五百人在山下守候，其餘的五百人跟隨朕一同上山，我們好好拜會一下這個千年的寺院！」我冷笑著說道。

「遵旨！」陸非掉轉馬頭向下面吩咐。

我依舊凝立於馬上，看著大林寺那緊閉的大門，今天，我就要將你大林寺一脈徹底從炎黃大陸上抹去。

陸非回到了我的身邊，低聲說道：「父皇，已經安排好了！」

我抬起頭，看了看天色，正是午時，豔陽高照。

「那麼，我們還等什麼？」

說完話，我飛身從馬上凌空躍起，如同蒼鷹一般在空中御風而行，朝大林寺飛撲而去。身後，陸非率領著五百名好手緊跟在我的身後。

「轟」的一聲巨響，足有千斤之重的沉重鐵門被一股強絕的力量轟出了十幾丈，鐵門飛落在地，發出一聲沉悶的巨響，蕩起了塵煙漫天。

這是我第一次來大林寺，舉目望去，這裏是大林寺的第一禪房，兩旁排列著兩排房子，想來是平時供前來上香的信徒們休息和居住。如今，這第一禪房之中，靜悄悄地沒有一個人影，整個禪院被一種沉悶的寧靜籠罩，寂靜得有些可怖！

我的神識瞬間將整個禪院籠罩，禪院之中沒有任何人的氣息。我雖然有些奇怪，但是心中卻更加警惕。大林寺屢次和我作對，用的都不是什麼光明正大的手段，所以我不得不加以小心。

「父皇，禪院沒有一人！」已經將整個禪院搜索一遍的陸非飛身來到我的面前，恭聲地說道。

「沒有人？」我心中微微地冷笑，神妙，難道你以爲可以躲得過去嗎？臉上不由得浮起一抹冷厲的笑容，我沉聲地說道：「非兒，既然此地沒有一人，如此的冷清，那麼就給這裏一點溫度吧，燒！」

烈火熊熊，時値六月，天氣炎熱，頓時熱浪滾滾，灼熱的氣流湧動在其中！

我站在禪院正中，絲毫沒有理會撲面而來的熱浪，看著熊熊的大火，我心中有說不盡的愜意！不知不覺中，我放聲大笑！

在四佛陣此起彼伏的攻擊之中，陸非顯得有些不耐煩了，他的眉頭皺在一起，手中的那把奇形大刀上下飛舞，幻出無邊的刀影，勁氣瀰漫。

那把奇形大刀，是用我送給陸非的鏇月鍘爲基本，配合千年的鐵石精魄煉製而成，聽非兒說，此刀乃是當年拜神威最爲著名的鑄劍師親手打造。光是那工匠的費用，足足花去了三萬枚金幣。而且此刀乃是專門爲配合陸非修煉而製，刀身極爲狹窄，兩面開鋒，看上去更像是一把利劍。

刀名斬月！

陸非全家被收押，此刀也被充公，後來陸非由於在角鬥團中不斷地搏殺，自一千四徒中脫穎而出，陸卓遠爲獎勵陸非在天門關外擊敗仲玄，將此刀又賞給了陸非，呵呵，天下間很多事，看來早有注定！

「啵！」一聲勁氣相交的波動聲，陸非身體向後輕飄，而天智臉色蒼白地後退，手中的鑌鐵禪杖無力低垂著。

在方才的一招之中，陸非借用四人之間配合的空檔，斬月封住三人的後路，但是絕猛的殺手卻是對天智的一拳！天智雖然功力在大林寺也是高絕，但卻還是比經過我與梁興精心培養出來的陸非略低一籌，在這次的內力交拼之中，陸非還是占了上風！

陸非擊傷天智，身形也不停頓，在一個極爲狹小的空間中輕小的迴旋，就在迴旋的當口上，閃電般劈出三刀。

陸非的刀法由於是在角鬥中修煉而成，所以先天之中帶有一股濃郁的殺氣。他的刀法狠辣，專走偏鋒，勝敗動輒分於一刀之內。若他全力施爲，即使功力高絕如我，也不敢小視！

陸非這三刀如繡花般的細膩纖巧，突然間刀芒暴盛，硬是搶入鞭影的空間，再次一拳轟向天信；在出拳的同時，斬月刀化作疾電，風雷狂起般向兩名年輕的僧人劈斬而去。

天信想也沒有想，鐵鞭陡然回收，順勢擊出古拙的一拳！

半途中，拳勢突然一變，陸非臉上露出了一抹奇異的笑容，他輕飄飄地一指點出，迎向天信那古拙的一拳。

天信拳勁擊出，卻突然發現對方變招，但覺內勁空虛飄蕩，難受得要命！更讓他吃驚的是，在陸非那虛無的一指之中，看似毫無著力，但是勁氣相撞，卻又有一股詭異的真氣直撼心脈，天信不敢猶豫，身體空中一個倒飛，向後撤去！

陸非等的就是天信這一退，他借著天信的拳勁再次騰空而起，斬月刀在空中連劈兩刀，分別籠罩住兩個年輕的僧人。

兩個僧人不敢懈怠，手中戒刀飛迎上，卻發現陸非這兩道激射的刀光不過是一個虛影，耳邊響起陸非輕聲一笑，「兩位大師，你們還是去休息一下吧！」接著，只覺眼前刀光一閃，撲面的氣勁湧來，兩名僧人還沒有來得及做出反應，喉頭之處一涼。

眼前一片血光迸現，血雨紛飛而出，陸非那閃電的一刀在眨眼之間掠過兩人的脖子。

感到自己上當，天信虎吼一聲，飛撲向陸非，與此同時，已經調息過來的天智也配合天信的攻勢飛身而上，手中的鑌鐵禪杖帶著呼嘯聲向陸非飛鏟而來。

陸非絲毫沒有遲疑，身體在空中以一個詭異的角度一扭，讓過了天智的一鏟，腳尖在鏟頭一點，接著天智鏟上的力量，陸非身體在半空中和身成團，硬生生地向天信撞去。天信手中的長鞭揮舞，發出陣陣呼嘯之聲，向陸非的身體砸去！

「噹」一聲清脆響聲，陸非手中的斬月刀激射而出，刀光如同閃電，刀氣淒厲地呼嘯，在瞬間劈斬至天信手中的鐵鞭，然後順著鞭身向上滑斬。

「師弟小心！」天智急聲呼喝，手中的禪杖輕抖，勁氣嗤嗤作響，怒濤裂岸般往陸非捲去。

陸非為之微微動容，但隨即臉上又掠過一抹詭異的笑容，空著的手回握刀柄，刀指地上，刀身斜挑向上，一刀挑中禪杖的鏟頭。

禪杖往上揚起，天智胸前空門大露，陸非口中呵呵一笑，「大師，怎地如此不小心？」話音未落，他的身體便搶入天智的胸前空間，斬月刀回手向天信一刀劈去，然後左手在眨眼之間閃電般擊出三拳。

「喀嚓！」一聲輕微的響聲，天智的身體向後倒飛而去，陸非的三拳結實地砸在他的胸腔之上，胸骨俱碎，天智在空中噴出一口鮮血，飛落在一旁觀戰的神妙面前！

神妙一直都在關注著陸非和兩名徒弟之間的爭鬥，當陸非蕩開天智禪杖之時，他心中暗叫不好，還沒有來得及發聲，天智的身體已經落在他的身前。神妙搶身上前，一把將天智的身體抱起，只見天智自口鼻中不斷湧出鮮血，已經氣息奄奄。

「天智，天智！」神妙大聲地喊道。

天智緩緩地睜開眼睛，他看了一眼神妙，口中輕聲的呢喃，「恩師，大林寺完了！」說完，頭一歪，倒在了他的懷中。

「天智，天智！……」

「神妙，如今你可知當日朕懷抱愛妻時的痛苦了嗎？」一直在一旁靜靜觀戰的我，看到神妙那痛苦的表情，不由得心中升起一種強烈的報復快感。

神妙抬起頭，他看著我，緩緩地說道：「修羅？」

「正是！」我臉上帶著一種詭異的笑容，輕聲地答道。

神妙沒有開口，他低頭看看懷中的天智，輕輕地將天智放在地上。「修羅威名，老衲久仰，今日一見，卻又如此的……」

「不要廢話，今日大林寺遭此劫難，都是咎由自取！神妙，你號稱天下第二高手，那麼就讓我們來較量一番吧！」我冷冷地說道。

神妙看著我，緩緩地說道，「陛下，今日大林寺之災，錯全在老衲，陛下能否高抬貴手，放過我大林寺八百六十條人命，老衲願以死相抵！」

「方丈！」正在與陸非搏鬥中的天信大聲喊道，「方丈，此錯不在你。當日你決定之時，我等都表示同意，若死一起死，怎能讓……」

陸非聽到他與自己搏鬥還開口說話，心中氣惱無比，下手一緊，斬月刀飛斬，在空中呼嘯而過，刀與刀之間連接成密集的刀網，將天信牢牢圈住。天信本就不是陸非對手，如今頓時再也沒有機會說話。他奮起和陸非纏鬥一起。

神妙看看天信，臉上露出憂慮神色。想來他也看出天信已經支持不了多久，於是看著我急急地問道：「不知陛下意下如何？」

我不置可否地微微一笑，「神妙，若要朕答應，也好辦，只要你答應朕的三個條件，那麼，朕就放過你大林寺一脈千餘人的性命！」

「請陛下吩咐！」神妙臉上露出了欣喜的笑容。

「第一，你將受我內務府八十一道刑法，如何？」

「老衲願意！」

「很好，第二，朕的兒子被你們擊傷，朕要你淨赤上身，在午門之外一步一磕頭，向他賠罪！」

神妙咬了咬牙，點頭說道，「老衲可以答應！」

「嘿嘿，這第三件事情，若你能讓朕的愛妻復活，朕就放過你大林寺一脈！」我冷聲地說道。

神妙聞聽臉色大變，他看著我怒聲地說道，「陛下，死人焉能復活？老衲誠心化解，陛下卻視爲兒戲，難道真的要滅我大林一脈方才甘心！」

「天亡我大林寺，好，老衲今日就看看你修羅這天下第一高手究竟有怎樣的本領！」說著，他踏前一步，身上寬大的僧袍無風自動。右手伸出，一柄獨角杵握於手中，那獨角杵通身碧綠，晶瑩剔透，在神妙真氣催動之下，獨角杵散發出一股淡淡的檀香氣息，閃爍著詭異的光芒。

「可是佛門聖物碧玉杵？」我只覺一股奇寒真氣向我湧動，心頭一動。

神妙神色莊嚴，單手執杵，左手虛握，他看著我點點頭，沉聲說道，「不錯，正是我大林寺流傳千年的碧玉杵！」

我讚賞地點點頭，對神妙笑著說道：「此物放於朕的書房，定然不錯！朕正缺一個鎮尺，那麼就用此物來充數吧……」

「無禮狂徒，竟然對我佛門聖物如此不敬，今日老衲拼得一死，也要教訓你這狂徒！」

「朕就在這裏領教你的高招！」說話中，左手立刻泛起一層淡淡的銀色金屬光芒，似乎我的左手變成了一把無堅不摧的寶刀。

我發出一聲響徹蒼穹的長吟，隨著長吟聲起，我的身體在瞬間生出無數虛幻身影，身影圍繞著神妙迴旋不停，似乎整個天地間都充斥著我的身影！

「破天一怒，萬物懼！」長吟聲戛然止住，隨著我的話音一起，圍繞著神妙的萬千虛影在瞬間向中間擠壓而去，每一個虛影都有如實體一般，但是觸手一片虛無！

我左手自上而下向神妙虛空劈斬而去，那萬千虛影似乎在同時發出一擊，銀光閃爍，幻化出一個龐大的銀球，銀球急劇地變小，向神妙擠壓而去，發出了尖銳刺耳的厲嘯之聲。

面對這呼嘯而來的銀光，神妙的臉色大變，他全身暴脹，身上的僧袍瞬間如同充氣一般的鼓脹而起，手中的碧玉杵豎立而起，身體急速地旋轉著。隨著他的身體旋轉，一股強絕的勁風向四周擴展，迎向我劈斬而去的一掌！

「轟！」……

在真氣激盪之中，一聲爆裂的巨響響徹寰宇，那巨大的響聲讓熊熊的烈火也不禁微微一頓。

所有正在拼鬥的人都停下了，他們看著鬥場中的漫天煙霧，不由得呆住了！

煙塵緩緩地消散，我臉色微微有些蒼白。就在剛才的一擊之中，我感到了一股強絕奇大的真氣向我逼來。那真氣醇和無比，更令我心驚的，是真氣中帶著一股祥和安寧的氣息。

我向場中的神妙看去，只見他此刻全身的僧袍變成了一條條在空中飛舞的灰色蝴蝶，上身淨赤，神色萎頓。原本蒼白的面孔此刻顯得格外的紅潤，不過，這種紅潤之中卻透出一種病態！他手中的碧玉杵此刻依舊閃爍，但是卻黯淡了許多。

我頓時明白了！嘿嘿，原以爲他真的有可以和我抗衡的能力，現在看來卻不是。他依靠的是他手中的那支碧玉杵。想來這支碧玉杵是經過歷代高僧加持過的，裏面有著歷代高僧加持時留下的靈力，而神妙就是靠著這樣的靈力來對抗我的破天第一擊！

不過可以看出，使用這種靈力會讓他的身體受到極大的傷害，因爲這種靈力似乎並不能完全與他融合，反而對他的身體造成了一種傷害。

「嘿嘿，真是好寶貝！」我看著神妙手中的碧玉杵，「朕還以爲你有什麼樣的驚天本事，原來還是依靠你的前輩給你留下的那點東西！小小的一個碧玉杵，朕倒要看看能不能真的救下你的性命！」

「陛下好功夫！」喘息了半天，神妙總算壓住了沸騰的心血，他看著我，臉上帶著祥和之色問道，「不知道陛下這是怎樣的武功，老衲憑藉大林寺二十六代大師加持的法寶，卻僅僅與陛下勉強抗衡！」

「這是朕自創的破天三怒！若你能夠接我三招還活著，今日就放過你大林寺一脈！」

神妙臉上露出了振奮的神色，「那老衲就要好好的領教一番了！」說著，神妙斜跨一步，碧玉杵在胸前舞成一團墨綠圓盾，圓盾越來越大，眨眼變成磨盤大小，神妙大喝一聲，飛身騰空而起，向我撲來。

「破天二怒，鬼神驚！」我的身體再次在空中飄舞，恰如千萬蝴蝶在空中穿梭一般，雙手成爪，赤紅奪目，在虛空中看似隨意輕抓，但是卻依照著某種規律，驟然間，天地間充斥著詭異的紅色，就好像是地獄的修羅場，散發著濃郁的死氣。

紅光向外暴脹，在一聲爆裂的巨響聲中，整個狼胥山似乎也都在顫抖。我只感到那團一股冰冷刺骨的真氣傳入了我身體內的經脈。心中大驚，我連忙運轉真氣，卻發現自己的真氣此刻是那樣的凝滯，我在空中做了一個小小的轉動，雙手結印。

自天地間傳來一股強絕的力量，瞬間游走於我的全身。凝滯的真氣頓時恢復了運轉，大喝一聲，紅光暴脹，一種吞噬天地的強絕真氣硬生生地將神妙的身體擊飛出三丈多外。

我虛立於空中，冷冷地看著神妙。

神妙艱難的從地上爬起，他手中的碧玉杵此刻已經黯淡無光，他強自站起，但是一個趔趄又跪倒在地，自七竅之中滲出血跡。

神妙淒然一笑，「陛下的武功當真天下第一，縱論炎黃大陸，恐怕再無一人能夠是陛下的對手。神妙佩服！」

「那麼，就讓你的徒子徒孫們站好受死吧！」我冷冷地說道。

「三怒尚未出現，老衲若不見這驚天絕技，死不瞑目！」神妙掙扎著站了起來，口中不停地喘著粗氣，斷斷續續地說道。

這個老和尙雖然人品不怎樣，但是光看這股鬥志，確實讓我也感到佩服不已。我笑了，不是因爲他的頑強，而是我似乎看到了無邊的血雨。

轉眼看看身下的鬥場，大林寺的僧眾雖然人數眾多，但是卻並不是每一個人都身懷絕技，如今在血殺團狂野的攻殺之下，已經死傷累累。除了百餘名高手還在做困獸之鬥，大部分都已經倒在了血泊之中。

「老和尚！本來你大林寺可以保住這千年的基業，但是你卻自取滅亡，殺我愛妻，毀我王都！今日你就認命吧！」我冷森地說道。

「勝負未定，陛下，陛下，就讓老衲再領教你的絕世一擊！」神妙眼光中帶著無比的悲哀，他何嘗看不出如今的結局。這都是自己的一念之差呀！神妙的心在哭泣，他在爲大林寺這數百年的基業哭泣。

「陛下，老衲在此領教！」

「好！」我狂笑著，身體在虛空中凝立，驟然發出強大的真氣，全身散發出妖異的紅光，在這一瞬間整個人與天地相容，大喝一聲，我發出了一拳，拳勢圓轉，似乎在無窮的循環著天地的精妙。

神妙鼓起剩餘的真氣，飛身騰空而起，只覺得天地都似乎在跟隨著我一拳轉動。神妙也迷茫了，他不知道該怎樣來迎接這無限圓轉的一拳！

「喀吧」一聲輕響，神妙就在這無限的迷茫中，被我一拳打在了胸口之上。頓時整個胸口向內凹陷，身體被一股強大的真氣推動，如同一段朽木一般落於塵埃之中。

在他那靈台最後一絲清明還在的時候，耳邊響起了「破天三怒，天地滅！」之聲。

「天地滅，天地滅！……」神妙喃喃自語，緩緩地失去了生氣。

我緩緩地走到了他的屍體邊，從他的身邊拿起那支碧玉杵。如今那碧玉杵已經沒有半點的靈氣，只是一塊死玉。我皺了皺眉頭，吐了一口唾沫在神妙的身體上，「臨死還把如此的一件寶貝浪費！」

就在神妙氣絕的同時，鬥場中的大林寺眾已經大多數倒在血泊之中，只有一兩個還在頑強地抵抗。

我皺了皺眉頭，一旁的陸非馬上感到了我的不快，他飛撲上去，在兩個回合之間將那些還在頑抗的敵手斬殺，然後回到了我的面前。

第七章　屠殺血令

大林寺一戰，千名門徒盡數喪命於火海之中。有天下第二高手之稱的上代天榜高手神妙喪命。這個消息瞬間在炎黃大陸流傳開來，也引起了軒然大波。在炎黃歷史上，從未有任何一個君主如此令人感到血腥，他們都用一種十分複雜的心理來看待此事。

大林寺在炎黃大陸的聲譽很高，由於歷代高僧不斷地出現，大林寺儼然成爲了一個佛門之地，更有一些人，開始宣揚帝國對江湖中人的排斥，他們說帝國的下一步，將會對江湖中的各個門派開刀，於是炎黃大陸上暗流湧動！

從我離開大林寺，一路上不斷地聽到這樣那樣的消息，我的心中怒火中燒，我相信這是墨菲的另一個陰謀，而我絕不會再讓清林秀風的詭計得逞！

回到了開元，我沒有休息，馬上召集了梁興和鍾離師與張燕商討此事。我們就這個事情談論了一夜，最終他們沒有說服我，我決定要用我的手段來平息這場風波。

送走了梁興等人，我一個人坐在御書房中疲憊地閉上了眼睛。在近三個月的時間裏，我馬不停蹄地不斷奔波，從千里之外的雲霧山殺回了開元，又從開元奔赴狼胥山，一連串的事情讓我感到前所未有的勞累。而最讓我感到疲憊的，是我的心。

惜月和小雨的離開對我的打擊是無法估量的，我突然間地失去了一切。雖然我的身邊還有鍾離華，但是現在，她將更多的時間放在了孩子們的身上！傲兒依舊對我不理不睬，甚至有時他看到我會流露出一種敵意的目光，這讓我很傷心！不過，他現在較之當日剛失去母親的時候，已經振作了許多，我看到他虛心向思陽請教，他們兄弟雖然不是一母所生，但是面對同樣的命運，他們之間比任何人都要親近。

說起思陽，他成了我心中的驕傲。跟隨南宮月修業十年，不但在武功上修爲深厚，而且兵法同樣的出眾。我曾經問過他，這兵法是跟隨誰學的？他告訴我在東海的時候，除了跟隨南宮月修業武學和佛學之外，他還跟隨南宮雲一起學習兵法和各種經典。

我很吃驚，南宮月對思陽苦心栽培還可以解釋，但是南宮雲也能夠如此，說明此人的胸懷也不簡單。於是我曾經考問過思陽，發現思陽在軍事上有一種敏銳的洞察力，在這一點上，他繼承了我的特質。雖然他在兵法的運用上還不如我，但是如果單論戰爭的大局觀，他甚至比我還要厲害。我在和他多次的討論中也受益不淺，用不了十年，思陽將會是一個非常了不起的人物！我相信這一點。

不過，思陽並不是十全十美的，他有一個非常致命的毛病，那就是由於跟隨南宮月時間太久，性格上難免有一些婦人之仁，而且張口佛曰，閉口如是說，讓我感到十分厭煩。相比起來，傲兒更有一種鐵血的氣質，如果能夠將他們兩個人合二爲一，那麼我會更加的高興。

疲憊地揉了揉太陽穴，我的眼睛感到有些發酸。閉上眼睛，我仰靠在大椅之上，腦海中依舊在想著如何來平息這場風波！

一陣輕手輕腳的腳步聲傳來，接著，一縷茶香沖入了我的鼻中。這是我最愛的高山雲霧，而且從茶香上來看，此人泡茶的水準是十分高超的。

「阿爸，喝茶！」一個怯生生的聲音在我耳邊響起。我睜開眼睛，只見思陽站在我的面前，手中還端著一杯熱氣騰騰的茶水。

我連忙接過思陽手中的茶水，順手將他摟過來。已經十五歲的他，似乎有些不太適應我的這個動作，身體微微地扭動了兩下。

我輕輕地呡了一口茶水，讓茶水在我的口中輕輕的滑過，深深地吸一口氣，那濃郁的茶香充斥在我的五臟六腑之中。

「好茶！」我讚賞的說道。這茶泡得頗有功夫，雖然比起惜月還有所不足，但是在茶香中更有一種禪韻蘊涵其中，喝起來倒是別有一番滋味！

「思陽，這茶是你泡的嗎？」我又品了一口，連連地點頭。

得到我的讚揚，思陽似乎很高興，他的臉上露出了一絲快樂的笑容。

我和他慢慢地聊了起來，說起了他的童年，說起了他的母親，還有這十年來他跟隨南宮月在東海修煉的事情，時間不知不覺的過去了，他漸漸的將他的羞澀拋開，不時地給我講著他童年的趣事。

這是我們父子十五年來第一次如此開懷地談話，也是我一個月來第一次忘記了失去惜月和小雨的痛苦。

天色在不知不覺中亮了，窗外的陽光照進了書房，我這才醒悟到我們父子這一談已經一夜了。看著思陽有些睏倦，我不覺有些不忍心。

「皇上，上朝的時間到了！」門外丁銳低聲地說道。

聽到丁銳的聲音，思陽十分懂事地從我懷中掙脫出來，「阿爸，我去睡了，你也不要累倒了！」

我的心中流過一道暖流，這個孩子真的是很懂事，至少其他的幾個孩子從來沒有這樣關心的對我說過。

我笑著點點頭，「思陽，你去睡吧，一會兒阿爸讓丁銳給你拿一些點心，別餓壞了！」

思陽點點頭，向外走去。

走到門口，他突然停住了腳步，扭頭對我說道：「阿爸，他們說以後不能再叫你阿爸了，要叫你父皇。我不喜歡，我還是覺得叫阿爸親切一些！」

「那以後思陽就叫阿爸，不用管別人怎麼說！」我也笑了。

思陽的臉上露出笑容。他扭頭向外走，又停下了腳步，「還有，阿爸，傲弟現在的武功已經開始恢復了。你不要生他的氣，他也是一時的氣話，其實他也很後悔！」

我笑著點點頭，「去吧，告訴傲兒，就說阿爸怎麼會生他的氣！思陽好好休息吧！」

「嗯！」思陽飛快地跑了出去。

我站起來伸了伸懶腰，活動了一下發麻的手腳。丁銳這時走進來，爲我換上了龍袍，我又喝了一口茶，然後大步的向大殿走去。

在一片高呼萬歲聲中，我坐在正大光明匾下。

「有事早奏，無事退朝！」身邊的司禮太監用尖銳高亢的聲音喊道。

「啓稟陛下，臣有本奏！」太監的話音未落，鍾離師率先站出，躬身起奏。

「講！」這都是我們昨夜說好的事情，我已經知道了他要奏上什麼樣的本。

「陛下，自陛下回兵開元以來，擊退東瀛賊眾，剿滅大林寺，著實平息了由於戰爭帶來的不良影響。不過，由於陛下火焚大林寺，使得百姓人心惶惶，他們對於陛下這樣的做法十分不贊同，甚至是厭惡。臣以爲，此事不可小視，百姓心中若心存厭惡，勢必將引發更大的騷亂。還請陛下早日定奪！」說著，鍾離師恭敬的將手中的奏摺呈上。

司禮太監將奏摺接過來放在我面前的桌案之上，我翻開來一看，險些笑出聲來。原來鍾離師的奏摺上空白一片，一個字都沒有寫。想來剛才的那一番話，都是他臨時想出來的。

我抬頭看看殿下的鍾離師，他也在偷眼向我觀看。我不禁狠狠地瞪了他一眼，沒有再說他什麼。

想了想，我沉聲說道：「鍾離愛卿說的事情十分嚴重，朕想先聽聽眾位愛卿的意見，然後再說！」

我話音一落，頓時朝堂上亂成了一個鬧市。眾位大臣紛紛地訴說著自己的意見，也有人不斷的交頭接耳。

我等了一下，看到朝堂上的議論聲漸漸安靜下來，於是沉聲問道：「那麼，眾位愛卿是否已經拿出了意見？哪位愛卿來說一說？」

沉默了一陣，司馬子元跨步走出朝班，他躬身說道：「啓稟皇上，右丞相說的事情確實非常重要。臣以爲不能不重視。自古民心爲立國的根本，若是不妥善處理，恐怕會釀成大禍。臣以爲能否由朝廷擬出一道旨意，將大林寺的罪狀列出，公佈他們必死的原因，然後臣想，百姓們明白了事情的緣由，想來就不會再有什麼意見了！」

我聞聽笑了，「子元的想法不錯，但是卻過於迂腐。你有沒有想過，這件事情並不是簡單的百姓鬧事，而是背後有人在推動，百姓又怎麼會如此輕易地聽信我們的解釋？而且，朕以爲，若是百姓一鬧，朝廷就要出面，是否太過軟弱？」

「這……」司馬子元訥訥不說話。

「吾皇如此說來，必然已經有了聖裁，還請皇上點醒！」

「對付那些抨擊我朝綱要之人，不能有半點的心慈手軟！」我冷冷地說道。

話一出口，頓時朝堂上再次亂了起來。

「皇上，若只是殺戮，可能會適得其反，望皇上三思！」司馬子元再次奏道。

這個司馬子元，總是話很多，我實在是有些厭煩。不過從另一方面講，這倒也表現出了他的忠心，我對這個傢伙實在是……

「治大國如烹小鮮，實其腹，而空其心！只要朕在其他的方面一心為百姓著想，讓他們過上好日子，慢慢也就不會有什麼人再說此事。時間會讓他們漸漸忘記今日之事，只是為了讓他們知道，朝廷的決定，是不能由任何人隨便評論的！」

「這……」

我看了看眾大臣，接著說道：「這個事情就這麼決定了，此事著成內務府丁銳、九城兵馬司和刑部共同處理。那麼，還有沒有別的事情？」

……

看到眾人沒有話了，我剛要起身散朝，就聽一個雄渾的聲音高聲說道：「皇上，臣還有本奏！」

我順著聲音看去，只見一直沉默無聲的梁興站在朝堂之上。

梁興站出了朝班，他神色平靜，緩緩地說道：「此次開元之亂，最大的罪魁禍首共有兩個，一個是墨菲，一個就是東瀛。如今我帝國局勢已經安定，臣以為是時候對墨菲與東瀛發動攻擊了！」

我點點頭，沒有錯，大林寺不過是一個小蝦，真正的主謀是墨菲和東瀛，如果說以前時機沒有成熟，是因爲我沒有藉口將國內的毒瘤去除。但是現在，內部的隱患已經基本消除，剩下的一些小魚小蝦，自然會有青衣樓和內務府來解決！現在，才是我真正要對墨菲用兵的時候了！

我低頭沉思，半晌沒有說話。

停了好久，我抬起頭看著梁興和殿上的一干大臣，緩緩說道：「梁王所言極是，我帝國如今隱患已經消除，確實是對東瀛和墨菲用兵的時候了。不過，東瀛困守孤島之上，我朝中擅長海戰之人不多，所以這將領方面確實需要我們動上一番心思！墨菲有雲霧山的四城相隔，號稱死亡天塹防線，我曾與梁王親自領兵前往，著實是固若金湯，不好突破呀！」

我話音剛落，就聽到從殿外傳來一個洪亮的聲音，「陛下，區區東瀛，何足掛齒？臣不才，願率本部人馬殺奔東瀛，踏平京都！」

一個人大步從殿外走了進來，修長瘦弱的身材，如冠玉般的面龐，此刻臉上還掛著一抹悲傷。他一身素甲，頭上還纏著一條白綾，正是青州兵馬總使，帝國的水師提督，小雨的堂兄黃夢傑！

他大步走上金殿，伏身拜倒，恭敬地說道：「陛下，此次開元之劫，都因臣的疏忽！臣今日特來向皇上請罪……」

我連忙站起身來，走到他的面前，將他扶起，「夢傑兄不要如此，東瀛狡詐，繞過青州自狼胥山登陸，罪不在你！如果說起來，此次開元之劫，朕也有責任，夢傑兄你不必如此！」

「可是……」

我擺手制止他再說下去，拉著他的手，緩緩地說道：「夢傑兄，小雨乃是你的堂妹，朕明白你此刻的心情，但是朕何嘗不是心中悲傷？你鎮守青州，十年來屢次將東瀛來犯之敵擊退，全力訓練我帝國水師，這其中的功勞朕怎會不知！所以此次罪不在你，你不需自責！」

黃夢傑默默不語。

「不過，若是夢傑兄願意領兵出征東瀛，朕倒是放心不少，舉目帝國朝堂之上，這海上用兵無人能夠與夢傑兄相比。朕本來還在想這統帥之人，沒有想到夢傑兄竟然親自前來，當真是解決了朕的一大難題！」我微笑著緩緩說道。

「請聖上發一道旨意，臣願立刻領兵出征，率青州水師剿滅東瀛，若不踏平東瀛，臣誓不回朝！」黃夢傑恨恨地說道。

我拍了拍他的肩膀，轉身走回殿上，回首看看殿上的大臣，沉聲說道，「既然武勇王願意領兵出征東瀛，那麼眾位愛卿還有什麼意見？」

「若武勇王領兵，臣以爲最佳！」梁興自看到黃夢傑，立刻表示贊成。

「父皇，兒臣也請命！」陸非突然站出來，拱手說道：「若武勇王領兵征討東瀛，兒臣願意爲先鋒，踏平東瀛孤島！」

「武勇王，你意下如何？」我向黃夢傑詢問道。

「嗯，殿下曾在水師效力，對於這海戰之事確實十分清楚。而且殿下武勇非凡，智謀也十分了得，臣以爲可以！」黃夢傑緩緩地說道。

「那麼黃夢傑、陸非聽旨！」

「臣在！」

「朕命武勇王黃夢傑爲征東大元帥，統領青州水師出征東瀛，命陸非爲先鋒，朕在開元等兩位愛卿的好消息！」

「臣領旨！」陸非和黃夢傑兩人跪倒接旨。

「你二人立刻去準備，三日後，朕爲兩位愛卿送行！」

黃夢傑和陸非三叩之後，起身向殿外走去。

我環視大殿之上，「那麼墨菲一事又該如何？」

「梁興願領兵出征！」梁興出班請命，大聲地說道。

我沉思不語，半晌之後緩緩地說道：「不知梁王打算如何突破死亡天塹？」

「這……臣心中目前還沒有辦法！」

「死亡天塹就像是我們一統天下道路上的一隻猛虎，若是沒有妥善的計畫，恐怕也要白白的耗費國庫的錢糧，朕的意思……」我手指輕扣扶手，緩緩地說道。

「臣以爲不可！」沒有想到我話還沒有說完，梁興就打斷了我的話，他大聲的說道：「臣想臣是知道陛下的意思。但是臣以爲此計萬萬不可行，如此做實在是沒有人性。」

關於這如何突破死亡天塹，梁興當日在雲霧山已經知道，他當然瞭解我想要如何去做，於是他沒有等我說出，就立刻出聲阻止。

殿上的大臣們都有些疑惑地看著我們，他們不知道我想要說什麼，而梁興爲何又不讓我說下去，只是對於梁興這樣大膽打斷我的話，所有的人都有些心驚。

我心中升起一股怒火，梁興如此無禮，竟然在朝堂上這樣的頂撞，實在是太過放肆！我目光陰冷地看著梁興，而梁興絲毫不見半點畏懼，抬頭和我對視。

殿上籠罩著一種莫名的寂靜，所有的人都似乎覺察到了我們之間那濃重的火藥味！

過了好半天，我突然一笑，「既然梁王反對，那麼朕也不再多說什麼了。出兵墨菲一事，我們以後再談，退朝！」說完，我起身站起，衣袖一甩，向後宮走去。

我坐在御花園的涼亭之中，心中的怒火尚未消除。好一個梁興，你實在是太放肆了，你仗著你的資格，在殿上如此頂撞，讓我下不了臺！想到這裏，我恨恨地一掌拍在身邊的石桌之上，真氣不覺中運轉，石桌頓時化成一堆粉末。

「皇上爲何事如此生氣？」一直跟在我身後的丁銳看到我將石桌擊碎，小心翼翼地問道。

我看了看丁銳，緩緩地說道：「丁銳，你說這帝國之中究竟是誰最大？」

「這還用說，當然是主子您最大了！」丁銳聞聽我的問話，不由得笑了出來。

「朕看不一定！」我怒氣沖沖地說道，「否則朕每辦一件事情，怎麼都那麼不順利？」

「主子爲何如此說話？」丁銳神色一變，臉上的笑容頓時不見，他小心地問道。

我將今天在殿上發生的事情簡單說了一遍。丁銳聞聽，臉上立刻顯出肅穆的神色，他跪倒在我的面前，口中高聲地說道：「奴才恭喜皇上，賀喜皇上！」

「哦？丁銳，這喜從何來？」我詫異地問道。

「奴才以為，梁王如此頂撞，正是說明他心中沒有半點的反意。梁王身居高位，手握天下兵馬，說起名氣，他和主子也不差多少。如此的人物，若是心存反意，必然是主子的大患。但是梁王在殿上敢如此的直言，說明他心如昭昭日月，一心為帝國考慮，否則又怎麼會理睬許多？奴才是為主子有這樣的臣子而感到高興！」

我聞聽一愣，轉眼間臉上露出了笑容。

「丁銳，你起來吧！」看著丁銳站起，我笑著說道：「丁銳，沒有想到你還有如此的見識，不簡單，呵呵，當真是不簡單！朕當然是不會懷疑梁王的忠誠，當年和朕一起打天下的老兄弟們，如今所剩已經不多。東京之戰時候的老臣子中，如今只剩下了梁王、鍾離、伍隗、巫馬和遠在青楊的寧博遠。其他的將領在這多年的征戰中多數已經身亡，朕也格外重視這一班兄弟。只是若不突破死亡天塹，墨菲就無法攻破，他們始終是朕的心腹大患。要突破死亡天塹，只有一個方法，那就是朕的主意。但是梁王總是不同意，而且朕又說不過他，看來突破這死亡天塹是遙遙無期了！」我說到這裏，不由得長嘆一聲。

丁銳沉默了一會兒，突然，他臉上露出一抹神秘的笑容，「主子，奴才倒是有一個主意，不知道當說不當說？」

「哦？」我臉上露出了一絲驚異，看著丁銳緩緩地說道，「你有什麼主意？但說無妨！」

「嗯，主子如今頭疼的是梁王在朝堂上反對，主子既然如此，為何不把梁王派出去，給他一個別的差使，這樣他有事忙碌，自然無法顧及到主子的行事了！」

我聞聽一愣，但是轉眼間露出了笑容，我不由得哈哈大笑，「丁銳，沒有想到你竟然有如此的心思！朕當真是小看了你，嗯，這倒是一個好主意，既不傷我兄弟之間的和氣，又可以讓他不再反對朕的意見！嗯，好主意，好主意！朕怎麼就沒有想到？呵呵，丁銳有你的！」

「謝主子誇獎！」

「那麼你再說說，給梁王一個什麼樣的差使？」我笑著問道。

「這個奴才就不知道了，以主子的睿智，定然能夠想出一個絕好的差使，不是嗎？」丁銳笑著說道。

我握緊的拳頭緩緩的鬆開。嗯，如果丁銳敢說出什麼主意來，我會毫不猶豫一拳將他轟死！這朝中的大事，他一個小小的內監如果也知道得如此清楚，那可不是什麼好事！說實話，如果真的殺了他，我還心中真的有些不忍，畢竟像丁銳這樣的人才並不多見，這些年他跟著我忠心耿耿，許多我不想讓別人知道的事情，他處理的也很漂亮，殺了他實在是有些可惜。

我站起來，拍了拍他的肩膀，「丁銳，你說的這個主意很好，朕要好好想想。不過，朕希望你的主意只給朕出，不要用在別的地方呀！」

一句話，讓丁銳臉上的笑容立刻不見了，「奴才對主子的忠誠可比日月，幫助主子排憂解難，本來就是奴才的責任，奴才怎麼會亂用？而且主子您如此的聖明，奴才的那點小心眼，怎麼能夠逃得過主子的法眼！」

「好了，丁銳，朕就是這麼一說，你對朕的忠心，朕自然清楚，起來吧！」

「奴才馬上準備車馬！」

我搖手示意不用，「不要驚動別人了，朕只是想一個人靜靜，烈焰回來許久了，也憋壞了，朕就和牠出去就可以了！」說著，我大步的向外走去。

我騎在烈焰的身上，在升平草原上漫無目的轉悠著。這裏曾經是我出發的地方，這裏留有太多的回憶。

在一個小山坡上，我停下來，一個人坐在山坡之上，向遠處眺望。烈焰也溫順地匍匐在我的身邊。遠處是一望無際的浩瀚沙漠，我曾在那裏整整生活了十幾年！那裏有我的快樂，也有我的悲傷。想想那個時候，我何曾想過有朝一日能夠君臨天下，那時不過天天是想著外面的廣闊天空，希望自己有朝一日能夠從奴隸營走出。

「兒子，看到了嗎？」我輕輕地撫摸著烈焰那柔軟的鬃毛，目光停滯在遠處的荒漠中，「看到那片沙漠了嗎？你老子我就是在那裏度過了我的童年！那裏很苦，但是卻很快樂，那個時候我還小，有童大叔，有夫子他們照顧我，我和你梁大叔兩個人天天都是笑呵呵的，沒有過任何的煩惱！可是你看，兒子，現在我和梁興總是意見不合，想當初我們的那種默契已經找不到了，爲什麼？難道權力真的就可以讓人變得……」

突然間，我止住了話語，眼睛直勾勾地盯著眼前的這片荒漠！荒漠……我的腦海中閃過了一個念頭，只在這一瞬間，我心中突然有了一個主意！

記得少年時，在奴隸營中的時候，夫子曾經告訴我，墨菲之所以一直未能一統天下，最主要的原因是在於多年來一直被壓在西南一隅。要想出兵中原，只有通過死亡天塹，再統一江南。但是一直以來，中原各諸侯始終以爲墨菲不過是一個西南蠻族，在潛意識中一直排斥著墨菲！所以一旦墨菲出兵死亡天塹，勢必將受到整個中原諸侯的打壓。各中原諸侯聯合起來，派出精兵陳兵死亡天塹，力阻墨菲向中原挺進。

其實墨菲出兵中原，並不一定非要出兵死亡天塹，它還可以穿越過眼前這浩瀚的沙漠無人區，突然對中原地區攻擊，攪亂整個中原地區的聯盟，這樣一來，所謂的聯軍將不攻自破！只是這沙漠無人區廣闊無邊，墨菲曾經幾次試圖穿越，但是都無功而返！

我腦海中突然閃過了一個念頭，若是有一支兵馬，能夠穿越這無邊的大漠，突然出現在墨菲的境內，那麼會有什麼樣的結果？

我的手埋在烈焰那柔軟的毛髮之中，心中不斷思索。

嘿嘿，我想到了！

不是想到了如何突破大漠，而是想到了如何才能將梁興調開！若是讓梁興率領一支人馬，去穿越這片大漠，那麼無論成功與否都對我有利！梁興若是成功了，那麼，就會有一支奇兵從天而降出現在墨菲的後方，那將會給墨菲造成多大的震驚；如果不成功，嘿嘿，沒有梁興的阻撓，我可以放心大膽的實施我的計畫，那個時候，我將會突破死亡天塹！

想到這裏，我不由得興奮了起來，一拍身邊的烈焰，我放聲大笑。

烈焰已經是在半夢半醒之間了，被我的笑聲突然驚醒，立刻緊張地站了起來，警戒地看著四面！發現沒有什麼狀況，烈焰有些不高興地哼了兩聲，再一次臥在我的腳邊。

「兒子，我們走！」我大聲地說道。說完，我跨上烈焰，一拍牠的大腦袋，興奮地說道：「兒子，我們回家！」

烈焰站了起來，牠輕輕地搖搖頭，如同閃電般向開元飛奔而去。

回到開元，我剛坐下來，丁銳就上前來報，「主子，天齊王梁興和兩位丞相已經等候多時了，主子要不要……」

我此刻心情大好，笑著說道：「快快有請，請他們來書房一見！」

丁銳點點頭，躬身退出了書房。

沒有多久時間，就聽外面一陣雜亂的腳步聲響起。梁興和鍾離師、張燕前後腳走進了書房之中。

我示意他們不用施禮：「三位卿家來此，不知道有什麼事情？」

「皇上，臣是來謝罪的！」

「哦？梁王何罪之有？這話是從何說起！」我故作不知地說道。

「皇上，今日在大殿之上，臣打斷皇上的話語，實在是無禮至極。臣回到家中，一直心中不安，恰逢兩位丞相前去和臣商議事情，所以臣就帶著兩位丞相一起前來，一來是爲了向皇上請罪，二來是想和皇上討論一下出兵墨菲的事情！」梁興不卑不亢地說道。

這哪裡是向我認錯！我看著梁興那平靜的臉龐，心中怒火再次湧上來。

「梁王，你我自幼一起，多年的相交。偶爾有些爭論也是平常，朕怎麼會責怪你？」

「皇上，臣今日在大殿上說話有失體統，對皇上更是語出不敬，想來一直惶恐，所以還請皇上發落！」

惶恐？你惶恐個屁！看你臉上沒有半點的惶恐神色，何來這惶恐之說？我心中愈發有些不快。

「梁王，朕知道你的心思，你無需多想。這個事情已經過去，我們就不要再說了，還是談談你們的事情吧！」

「謝皇上！」三人在我的示意下坐下。他們互相地看了一眼，然後梁興咳了一聲，沉聲說道：「皇上，方才臣和兩位丞相商議，說起這死亡天塹之事。兩位丞相也覺得有些棘手。我們都認爲，也許攻擊墨菲的時機還不成熟，所以左丞相想出一條妙計，想和皇上商量！」

「哦，什麼妙計？」

「臣以爲，若強攻墨菲，死傷著實過於龐大！不過，墨菲地處西南一隅，土地貧瘠，物產不豐，大部分的資源是依靠商人買賣。所以，若我們可以將道路封鎖，堵截墨菲的物資來源，那麼雖然會花費一些時間，墨菲國內必然有所恐慌，到那時皇上出兵……」

「首先，我們將墨菲的糧運控制，墨菲雖然也生產糧食，但是畢竟人口眾多，無法完全自足，所以需要從中原買進，我們只要將糧運道路封鎖，那麼必然會給他們造成麻煩！第二，我們停止供應各種礦產，特別是如鐵、銅等金屬礦產，這樣，墨菲的軍械物資也會有些削弱。第三，墨菲主要是依靠當地的珠寶行業對外販賣，只要我們不許國內任何商號購買，也可以斷絕墨菲的經濟來源……」

我不由得皺起了眉頭，打斷了張燕的話語：「丞相，首先，一個國家的興盛，不是依靠軍械物資，他們只要勤修國政，那麼一樣可以自給自足，第二，珠寶雖然是墨菲的主要行業，但是並不是他們的全部收入來源。即使封鎖來源，依然無法給墨菲根本性的打擊！而且，墨菲的珠寶對中原商號的吸引太大，即使我們發出命令，明裏他們不敢做，但是暗中依舊會私自和墨菲交易！我們怎麼辦？中原的商人那麼多，亡命之徒也多了，難道我們能將這些商人全部殺了？那樣不是在打擊墨菲，而是在打擊我們自己！」我喝了一口茶，接著說道，「至於控制糧道，不知道丞相有沒有想過，按照你所說的那種情況，究竟要等待多少年？」

「這……」

我拿起手邊的一份由青衣樓送來的情報，掃了一眼，緩緩地說道：「丞相，朕計算過，要一百二十年！朕能活到那個時候嗎？」

張燕的臉頓時紅得有些發紫，他閉上嘴巴，不再說話。

我長長地嘆了一口氣，閉上眼睛，「朕知道兩位丞相也是爲了帝國著想，但是你們想的過於天真！對於墨菲，必須要用武力將他們征服，否則絕對無法統一。墨菲其實說起來也不算是什麼蠻人，他們本來應該也是當年曹氏家族的後裔。墨菲的民風由於和西羌連年征戰，而且在不斷地和惡劣的環境作戰，所以十分剽悍！這一點，可以從當年狼王曹玄殺入中原就可以看出！若是說到他們的剽悍，放眼整個炎黃大陸，恐怕也只有北地的閃族可以和他們抗衡！而當年，正是曹玄帶領著西羌鐵騎，將閃族打回了草原，你說，這樣的一個民族，單純依靠什麼經濟制裁，難道真的能夠取得勝利嗎？」

屋中的眾人都不再說話了。

我睜開眼睛，臉上露出了笑容，「不過，朕倒是想到了一個方法，只是不知道是否可行？」

我話音剛落，梁興第一個說道：「若是火燒死亡天塹，那麼臣不同意！」

我掃了一眼梁興，心中冷笑了一聲，緩緩地說道：「當然不是火燒死亡天塹！」

「只要不是這一個計策，那麼臣沒有意見！」梁興說道。

「嗯，方才朕出去散心，在大漠的邊緣坐了半晌，突然間有了一個想法！」我停頓了一下，接著說道，「其實墨菲距離我們開元非常近，大約也就是三千多里，只是這三千里全部都是沙漠，所以墨菲就被擋在了西南一隅！」

我的話才說到這裏，看到梁興的臉色已經有所緩和，他那張黝黑的臉上露出了一抹會意的神色。

「若是我們能夠有一支人馬，穿越千里大漠，奔襲墨菲的後方，那麼眾愛卿以爲如何？」

「這……確實是一條妙計！不過，這三千里的大漠從來沒有人能夠突破，否則墨菲早就已經統一了炎黃大陸。皇上若是想要穿越這大漠，恐怕……」鍾離師臉上露出了憂慮的神色。

「呵呵，這個只是朕的一個建議，朕想親自率兵，出征大漠，然後請梁王陳兵死亡天塹。若朕能夠突破大漠，到達西京的後方，那麼墨菲勢必混亂，然後……」

「皇上，此計以臣看來，確實可行！」梁興插嘴道，「不過臣想請命，由臣帶領閃族鐵騎穿越大漠，皇上領兵陳兵死亡天塹，若臣能夠成功，與皇上裏應外合，則死亡天塹不攻自破！」

「梁王怎麼又和朕爭起來了，朕說過朕要領兵，這千古的奇蹟還是讓朕來完成好了！」我心中狂喜不已，但是臉上卻露出了不快的神色，責備地說道。

梁興連忙起身，他躬身向我施禮，「皇上，您是一國之君，怎麼能夠輕身涉險？所以還是讓臣來做好了！況且，皇子們剛失去了兩個母親，若是皇上再有什麼萬一，那他們該是何等的悲傷？臣再次請命，由臣率領閃族鐵騎，穿越千里大漠，奔襲墨菲後方！」

我心中一陣激動，一時間對梁興的不滿煙消雲散。畢竟還是我的大哥，他總是在為我考慮，突然間，我覺得自己太卑鄙了。

但是這念頭轉眼逝去，為了一統天下，我必須要這樣做！

當下，我臉上露出了笑容，「梁王若是執意如此，那麼朕也不好退卻梁王的好意，那就依照梁王所說，六十日後出兵，朕親領大軍向死亡天塹出發，梁王則帶領閃族鐵騎悄然穿越大漠，你我墨菲會合！」

「臣遵旨！」梁興恭敬說道。

升平草原上旌旗招展，六十萬大軍整齊地排列在草原之上！經過數月的整備，各種軍械物資已經調運齊全，準備再次出征墨菲。

一個月前，黃夢傑和陸非率先對東瀛發動了攻擊，不過，一個月來的消息並不令人感到興奮，因爲黃夢傑與東瀛交戰兩次，都是落得一個慘敗！從報告之中看來，他一直都是在使用已經破舊的戰船與東瀛交戰，而這兩年來秘密給他配備的龜甲戰船，他一直都沒有使用。

對此我倒是不很擔心，我似乎已經明白了黃夢傑的戰術，雖然朝中的大臣不斷地彈劾黃夢傑，但是我一律都壓在那裏，不予理睬！現在對我來說，全部的精力都放在了墨菲的身上。

死亡天塹如今是由墨菲的名將阿魯台鎮守，對於這個人，我倒是很有興趣。此人從外表上看，似乎是忠於墨菲朝廷，但是在鄭羊君失敗之後，他獨攬朝中軍權，全力地支持清林秀風！我想，若是清林秀風不是一個女人，那麼如今的墨菲，一定已經是她的天下。

不過，我不能給她這個機會，因爲我知道，若是讓清林秀風掌權，那麼將會給我造成更大的憂患！從這次開元的危機來看，顯然都是出自於這個女人的手筆，若是再讓她有了足夠的權力，我真的不知道該有多麼頭疼！

梁興一身漆黑的烏金軟甲，跨坐在飛紅的身上，緩緩地來到了我的面前。他將要率領十萬閃族鐵騎跨越大漠，向墨菲進發。

我們站在草原上，飛紅和烈焰不停地發出低聲的嘶鳴，兩個斗大的腦袋也不停地摩擦，牠們將要再一次的分開了。看著梁興那憨厚的面孔，我突然感到十分悲傷，本來我們不需要分離，但是如今我們……

「阿陽，我們又要分開了！」梁興輕聲的說道，「這些日子來，我知道你對我十分不滿，但是請相信，阿陽，我沒有惡意，我只是希望你不要因爲仇恨而成了一個殺人魔王，甚至永遠沉溺在殺戮之中……」

「我知道，大哥，我知道的！」我也低聲的說道，「大哥，你此次率兵穿越大漠，一定要小心，大漠風沙大，如果感到不行，千萬不可以逞強突進……」

在這一刻，我覺得自己真的是好卑鄙，好無恥！看著梁興，我的眼睛不由得濕潤了。

「呵呵，放心！阿陽，你看大哥何時讓你失望過？」梁興笑呵呵地說道，「振作起來，等候大哥的好消息，到時候你我兄弟在墨菲會師，一統天下！」

「大哥！」這一刻，我真的好想讓他不要去，但是最終我壓下了那句話。

「好了，兄弟，你我就在此作別，墨菲再見！」梁興微微一笑，伸手輕拍飛紅，飛紅仰首發出一聲巨吼，轉身飛馳而去。

看著梁興離去的背影，我心中默默地叫道：「大哥，保重！」

一拍烈焰，烈焰轉過頭來，我向身後的傳令官一揮手，「傳令三軍，出兵！」

我率領著大軍經過了三個月的行軍，終於在年底之前到達了死亡天塹。

駐守在死亡天塹之前的向西行帶領著眾將在大營前迎接。在向西行的引導下，我們大步走進了大帳之中。

我坐在大帳之中，看著帳中的眾將，緩緩地說道：「各位將軍，朕此次率兵前來，用意想來大家都已經明白！此次我們不拿下死亡天塹，朕誓不回師！」

「吾皇萬歲，萬歲，萬萬歲！」眾將齊聲高呼。

我笑著示意眾人坐下，向向西行問道：「向將軍，這幾個月來，墨菲有什麼動靜嗎？」

向西行搖搖頭。「啓稟萬歲，臣自皇上離開之後，臣多次對死亡天塹發動攻擊，強攻始終無法突破，於是臣試圖將對手引出城，但是也被對手識破，所以至今沒有半點的進展……」

我笑著點點頭，對向西行說道：「向將軍，不用慚愧。死亡天塹如果是那樣容易就被突破，那麼也就不會被稱爲死亡天塹了。對於此事，朕雖然身在開元，但是也一直在考慮！嗯，你覺得阿魯台此人究竟如何？」

向西行皺起了眉頭，想了一想，「萬歲，臣半年來和阿魯台共有三次照面，就用兵而言，此人十分謹慎，而且每每看破臣的計策，嗯，此人不簡單！」

「只有這些？」我有些不滿地問道。

「臣還覺得，阿魯台爲人有些多疑，聽說他從來不在一個固定的城池督戰，而是經常出現在各個城池之中。不過，也就是因爲這樣多疑的性格，使得他幾次逃出臣給他佈下的陷阱！」

「嗯，這個倒是和朕得到的消息比較吻合！」我低頭想了一想，接著說道：「向將軍，自明日起，你率領本部的兵馬，利用我們所有的火炮和攻城器械，對雲霧四城發動全面的攻擊，不論傷亡多大，都不要介意！」

「……臣遵旨！」向西行有些猶豫，但是他最後還是領命退下。

「好了，朕這些日子以來一直忙碌，今日有些睏了，你們都退下吧，明日朕將親自督戰！」

「臣遵旨！」

只剩下我一個人了！我站起身來，走到了大帳正中的地圖前，久久地思索著。

第二日，向西行率領著大軍，開始對雲霧四城發動了猛烈的攻擊。

上千門火炮同時對銅陵關、風城、西靈府和劍閣開火，衝在最前面的士兵們將發石器、樓車推到了城前，對四座城池不停地進攻！一時間，在雲霧山前硝煙瀰漫，喊殺聲震天徹地。

我站在大營前的觀戰臺上，看著麾下的將士們悍不畏死地向銅陵關和劍閣發動一次又一次的攻擊，臉色也越發陰沉！

如同潮水般地湧上去，又如同潮水般地退下，每一次都在城下留下了上千具屍體。銅陵關的城牆已經被炸得低平了許多，但是城頭上那飄揚的墨菲戰旗依舊牢牢地插在那裏！好兇悍的阿魯台，好堅韌的墨菲將士！我心中也不禁感到有些吃驚。

第八章　焚城破關

如此一連三天，白天我在大營中觀戰，到了晚上，我就會前往定天柱上探測風向。在這三天中，我麾下的將士死傷無數，短短的三天，又是數萬名將士橫屍在死亡天塹之前。

我坐在大帳中，伏案不停地計算著各種資料。向西行等人滿臉的硝煙和塵土大步地從帳外走進，看他們的臉上都帶著沖天的怒氣，我不由得微微一笑。

「萬歲，我們不能再這樣強攻了！」向西行大聲地說道。

「哦？爲什麼？」我笑著問道。

「萬歲，如此強攻，根本不能對雲霧造成任何的威脅，不過是徒勞的增加傷亡罷了。所以，不要再這樣打下去了！」

「嗯！」我不置可否地點了點頭，繼續伏案計算。過了好半天，我長長地出了一口氣，輕聲的說道：「總算是算出來了！好了，朕想今晚就可以拿下死亡天塹了！」

「什麼？」所有的人臉上都露出了懷疑的神色，向南行更是失聲喊了出來。

我站起身來，笑著看著他們，「你們以爲這三天每天晚上朕都不在大帳之中，是出去遊山玩水了嗎？」說著，我緩緩的走到了地圖之前，看著地圖不再說話。

「請皇上明示！」向西行恭聲說道。

我點點頭，「向將軍，朕想請問，這些日子來，我們對雲霧四城的攻擊，一共損失了多少人？」

「大約八萬人左右！」向西行想了一下開口說道。

「八萬人，嗯，差不多了！」我突然開口喝道：「張武！」

張武是當年我初到涼州時收服的一名浪人，如今經過多年的征戰，他已經從一個普通士兵變成了我的親兵隊長，官拜驍騎將軍。

「今日天象如何？」我問道。

「啓稟萬歲，今日多雲，東北風！」

「嘿嘿，月黑殺人夜，風高放火天！」我輕聲地說道。我扭頭向眾將擺手，示意他們走上前來，然後指著地圖說道：「這兩日，朕一直在定天柱觀察，發現每逢子夜之時，在銅陵關和劍閣之間就會產生一股奇怪的氣流，這股氣流非常強，可以將吹過去的風分割成爲兩道，分捲向銅陵關和劍閣！」

說完，我看了看圍在我身邊的眾將，他們的臉上還露出迷茫的神色。我笑了笑，繼續說道：

「如今夜東北風，風勢將會從兩關之間吹過，在子時這道氣流形成之後，就會分爲兩道氣流，向銅陵關和劍閣襲捲，這股氣流會持續三個更次！各位，若是我們能夠在今夜子時潛入城中，放上一把火……」

我沒有再說下去，因爲周圍的眾將臉上都露出瞭然的神色。

向西行思索了一下，突然臉上露出了驚懼之色，他小心翼翼地問道：「萬歲，你的意思是不是——焚城？」

我點了點頭，看著他沒有說話。

眾將此刻的臉上也都露出了一絲驚懼的神色，他們看著我，眼中帶著震驚！

「萬歲，那城中可是有兩百萬人的生命呀！」向北行有些猶豫地說道。

「那又如何？」我有些不悅，冷冷地說道，「打仗就要死人，這是很正常的事情！」

「可是，那二百萬人可都是平民百姓呀！」

「是嗎，當他們手中拿著灰瓶向我們的戰士砸去的時候，他們已經不再是平民了！在朕的眼中，他們都是敵人！」我狠狠地說道。

眾將都沉默了。

「萬歲，那麼請告訴臣等您的計畫吧！」

「現在東北風剛起，在子時時分，風勢會達到最大。朕的意思是，這些天對死亡天塹的攻擊已經很猛烈了，那麼從現在開始，放棄對風城和西靈府的攻擊，將全部的攻擊力量放在銅陵關和劍閣！你們要集中最密集的火炮，在亥時對兩關發動攻擊，這次的攻擊持續一個時辰，在這一個時辰之中，你們要不惜一切的攻擊，以吸引兩關的全部防衛力量……」

眾人紛紛地點頭，我接著說道：「朕將會率領血殺團五百名高手，潛入兩個城池中放火，見到城中火起，你們立刻停止攻擊！」

「那麼，如果風城和西靈府兩地的守軍前來救援，那該如何？」

「呵呵，這個好辦！朕考慮過了，經過這三天的攻擊，對手已經十分疲憊了，如今我們停止了對他們的攻擊，他們一定會加緊時間休整。就算他們前來攻擊，那麼就由南行和北行兩人分別帶領十萬人馬，駐守在風城與銅陵關，劍閣與西靈府之間，若是他們出兵相救，我想你們不會不知道應該怎麼做吧！」

兩人點頭應命。

我又看了看帳中的眾將，和聲地問道：「現在，各位心中還有沒有疑問了？」

「沒有了！」眾人同聲說道。

我點點頭，「那麼就開始行動吧！」

深夜降臨，我依舊是一身白色的長衫，站在山崖之上，向崖下的銅陵關看去，只見銅陵關中一片寂靜，黑漆漆伸手不見五指！猛烈的山風吹拂著我的衣衫，發出了獵獵的聲響。

「萬歲，都已經安排好了！」一名血殺團的成員在我身後輕聲地說道。

我點點頭，輕聲的問道：「前往劍閣的人已經就位了嗎？」

「已經就位了！」

「很好！」我抬頭看了看天色，已經到了亥時時分了，爲何向西行還沒有發動進攻？我心中不由得有些焦急！

時間就這樣一點一點地過去了。在亥時過去了一刻鐘後，我聽到了一陣低沉火炮聲響，崖下的銅陵關頓時熱鬧了起來，只聽見一陣喧鬧聲後，銅陵關中出現了無數的火把，向城頭湧去。

總算開始了，我心中有些惱怒。不過轉眼一想，向西行有些顧慮也不是沒有道理，只要他發動了進攻，這就已經足夠了！

我轉身對身後的眾人說道：「大家記住，在子時放火，火勢起來之後，我們只有一刻鐘的時間退出火場，否則我們也要葬身其中！」

眾人壓低聲音齊聲答應。

我點點頭，飛身向崖下的銅陵關飄落而去！

銅陵關內，一片寂靜。似乎所有的人都已經去參與城頭的防禦了，如今的銅陵關就好像是空城一座，大街上靜悄悄地沒有一個人影。

我無聲地站在暗處，看著身後的同伴一個個地消失在夜色之中。算算時間，已經過了一個更次了，再有一個更次的時間，就是子夜時分，要起風了！我心中暗暗想道。

我的六識在捕捉著一絲一毫的動靜。血殺團的人都已經找到了一個良好的位置隱藏了起來，我滿意地點了點頭。

遠處的喊殺聲此起彼伏，火炮那巨大的爆炸聲也不絕於耳，呵呵，看來向西行打得還真賣力！狠狠地打，你打得越是賣力，我這裏也就越安全！

我的目光緩緩地落在了坐落在城池中心的一座高大樓閣之上，漸漸我臉上露出了笑意。

時間一點點地過去，突然間，一股猛烈的氣流自雲霧山湧動，呼嘯著吹來。就在這一刻，遠處的喊殺聲似乎也被這呼嘯的狂風壓蓋。

時間到了！我心中暗暗想道。抖手向天空發出一枚響鈴箭，那響鈴箭帶著絢麗的光焰直沖天空。就在響鈴箭發出的同時，我閃身向那座高大的閣樓飛撲而去。手中還拿著一管飛磷彈！

十餘顆飛磷彈在瞬間飛射。飛磷彈帶著慘綠的火焰，準確地飛進了閣樓之中，就聽一連串的爆炸聲響，飛磷彈炸開了美麗的火焰。

我可以清楚地聽到從閣樓之中傳來的惶急喊叫聲，火舌瞬間四射，自視窗向外飛吐，只是在轉眼之間，整座閣樓便籠罩在火光之中！就在我發出飛磷彈的同時，銅陵關四處火蛇亂竄，二百餘名高手在同一時間發出了飛磷彈，原本星星點點的火光在風勢的助力之下，轉眼連成了一片。

我滿意地點點頭，飛身向後撤去，剛到城邊，只聽身後轟隆一聲，龐大的閣樓轟然倒塌，火星四濺，飛落在周圍的房舍之上。我生平是第一次看到了如此火景，什麼是星火燎原，只在轉眼間，整個銅陵關被淹沒在一片火海之中。

足尖輕點，我飛身躍上後崖，凝視著下面的火海，我可以看到城中的百姓在睡夢中衝出了房舍，但是在轉眼間被火蛇吞噬。銅陵關如今已經是亂成了一團，幾乎所有的人都拎著各種各樣的工具出來，但是在山風的助威之下，火勢已經無法阻止，火光沖天，將整個夜空燒得通紅。

血殺團的一眾高手飛身搶上山崖，他們躬身向我施禮。我笑了笑，輕聲的問道：「都回來了嗎？」

我馬上清點人數，過了一會兒，一名成員在我耳邊低聲說道：「陛下，大約有五十人沒有出來……」

炙熱的氣流向山崖上湧來，關前的喊殺聲已經消失了，在我耳中迴響的，只有在火海中苦苦掙扎的人們。

說實話，銅陵關內的房舍都是以特殊材料製成的，如果不是此次使用的飛磷彈，恐怕根本無法造成如此的效果！

「陛下，您看！」身邊的一名屬下手指遠處。

我順著他們手指的方向看去，只見在劍閣方向濃煙滾滾，火光沖天，火焰將整個天空都燒得通紅！我滿意的點點頭，看來劍閣方面也成功了。

這一把火，將會改變整個炎黃大陸的格局！死亡天塹的突破，也預示著我們開始將戰火燃燒在墨菲的國土上。而我將會成爲千年來第一個突破死亡天塹的君主！想到這裏，我心中感到無比的自豪。

建立已有千年的死亡天塹被攻破。銅陵關和劍閣兩關的大火足足燃燒了十天！墨菲守將阿魯台在大火燃燒至城頭之時，自刎身亡，臨死前，他大聲地喊道：「許正陽，你這個殺人狂魔！」

至此，墨菲帝國的大門終於被打開了。帝國的大軍將長驅直入，在墨菲的大陸上馳騁。我相信，統一炎黃大陸的日子不會太遠！

不過，凡事有好有壞，在我火燒死亡天塹之後沒有幾天，大營中開始流傳著我新的外號：嗜血帝王！每一個人看到我，都會不自覺地流露出一種恐懼的神情，即使是我曾經最爲親密的向家兄弟也開始和我疏遠。

我不介意，說我沒有人性，那麼我就是沒有人性！從惜月和小雨過世之後，我再也不會對任何人產生憐憫！這個世界本來就充斥著殺戮，這是一個弱肉強食的時代，我心無半點的後悔。當我第一次想到使用火攻的時候，如果我能夠狠下心，也許惜月和小雨都不會死亡！所以，如果時間可以倒流，我會毫不猶豫一把火將這死亡天塹燒個乾淨！

梁興出兵大漠，至今沒有一點的消息，我不知道他現在的情況如何。我很矛盾，我一方面希望能夠早日見到他，另一方面卻又不敢見到他。因為我不知道見到他以後，我應該怎樣解釋！如今我唯一擔心的，是如果梁興聽到了這個消息他會怎麼想？他還會將我當成兄弟嗎？這些年來，我們之間的關係越來越疏遠，我們再也不能像以前那樣無所不談。其實我知道梁興沒有變，他還是和以前一樣。變的是我，很多時候我真的很想和他好好談談，但是每一次話到了嘴邊，我又說不出來。權力，地位，真的會改變一個人！我就是一個最好的例子。

大軍已經休整一個月了，馬上就是新年了。我要開始準備下一步的行動。阿魯台死了，但是我心中的重負依然沒有去掉，因為還有一個清林秀風！對我來說，清林秀風的可怕，甚至超過了我以往的任何一個對手。我有一種預感，那就是我們馬上就要見面了！

還有一件事情，不過，是一件令人高興的事情。那就是東瀛的海戰終於勝利了！我早就知道會有這樣的一個結果。黃夢傑在海戰初期，十戰十敗，但是，我依然對他充滿了信心！

他沒有讓我失望，在十戰十敗之後，他終於成功地將東瀛的主力引出，在大海上設下口袋陣，將東瀛的主力完全包圍。憑藉著帝國新研製出來的龜甲戰船，他戰勝了一直稱雄於海上的東瀛！那個曾經率兵圍攻開元的東瀛將星——鬼塚熊男，在海戰失敗以後，切腹自殺！他很聰明，如果他被俘虜，我發誓會讓他後悔爲什麼要來到這個世上！

在一個月前，黃夢傑和陸非兩個人各帶一支人馬自東瀛海島的兩側登陸。此次的登陸意義非凡，我等待著他們的捷報！

我放下筆，又看了一遍今天寫的日記，滿意地點了點頭。

帳外一陣腳步聲傳來，向西行匆匆地走進了大帳。我連忙將手中的日記本合上，看著他沉聲問道：「二將軍有什麼事情？」

「啓稟皇上，開元送來的東瀛最新戰報！」向西行走到我的桌案前，將手中一封蓋有軍機處火漆的戰報放在了我的面前。

我拿起戰報，取出裏面的信紙，慢慢地閱讀。

我的臉上漸漸地露出了笑容。

向西行小心翼翼地問道：「皇上，可有什麼好消息？」

我點點頭，沒有回答，繼續向下看去。再往下看，我的臉色漸漸有些難看，眉頭不由自主地皺起。放下信件，我閉上眼睛，陷入了沉思。

「皇上！」向西行再次叫了我一聲。

我睜開了眼睛，看著向西行，示意他自己看。

向西行拿起了信件，說道：「皇上，陸非如此做，是不是有些過分？」

我又閉上了眼睛，好半天才說道：「非兒率先突破東瀛防線，抵達京都，這是一個天大的好消息！京都防衛森嚴，防禦極爲頑強，非兒久攻之下依然不破，心中必然惱火。這是他第一次單獨率兵，朕知道他想給朕唱一齣好戲。在傷亡慘重之下，他攻破京都確實不易，即使有此行爲，也不足爲怪！」

「非兒將京都攻下，確實是大功一件。可是皇上，他這之後……」

「屠城之事歷朝歷代都有。凡堅城被破，哪有不屠城的說法？非兒如此做，朕不覺得奇怪！」

「這是不是有些……」

「殘忍？」我笑了，「不，我不覺得！非兒自幼吃苦不少，心中難免有些壓抑。此次才逢開元大難，他帶著怒火前去出征，而京都抵抗頑強，引發他的狂性，這個是正常的！」

「那這軍機處的處置方案……」

「朕自會告訴他們將此事淡化處理！說起殺人，朕何嘗不是滿手血腥，打仗嘛！嗯，此事就到此吧，朕馬上給軍機處回信！」

我站起來在大帳中緩緩地走動，陸非攻破京都，確實不同一般。在軍機處給我的戰報中提出，如今在整個開元城中都在流傳著：嗜血君王，鐵血殺神！二人輝映，父子同性！

殺神，呵呵，確實是個很響亮的名字。不過非兒的年齡還小，如此殺戮，恐怕會有傷天理。若是殺上癮來，心思難免墜入魔道！我自己無所謂，我已經生無遺憾，但是非兒不同，不能讓他這樣殺下去！

我想了想，回身坐下，先寫信給軍機處，告訴他們陸非此次京都的屠殺，乃是奉我旨意，其錯不在他，所以要淡化地處理此事。

寫完信，我命令侍衛將此信馬上送出，然後又鋪開一張紙。沉思了一會兒，我伏案狂書。

「陸非吾兒：聞你攻下京都，為父心中歡喜非常。你雖非為父親生，但是多年來，為父視你為己出。京都大捷，乃是吾兒首次領兵，卻得到如此輝煌戰果。為父看到此，心中不勝欣慰。但……」

新年的鐘聲敲過，新的一年到來了。

經過無數次仔細推敲，我終於下定了決心，對墨菲發動最後的攻擊！原本我打算等得到梁興的消息後再出兵，但是已經四個月了，梁興音信皆無！我雖然相信梁興不會有什麼性命之憂，但是卻一直無法讓自己平靜下來。十萬大軍，竟然沒有一點的消息，如果說梁興無法穿越大漠，那麼至少要有一個消息，但是如今……

如此等待下去，不知道要等到什麼時候，我反覆地思量，最終決定不再等待，我相信上天會保佑梁興，因爲他和我一樣，都不是那麼容易死去的人！

促使我不再等待梁興的另一個原因，是清林秀風在新年來臨之前，突然發動了宮廷政變！她聯合一干大臣，糾集西京兵馬司突然發難，將原本忠於墨菲帝國的臣子們一網打盡！而她的侄子，也就是墨菲帝國的帝君清林邈遠，被秀風活捉，囚禁於西京大內！清林秀風在眾大臣的推舉下登上了墨菲的皇位，成爲炎黃大陸上第一個女皇帝！

當我得到了這個消息之後，第一個念頭是想要爲她鼓掌喝彩！她終於登上了皇位，實現了她的夢想。雖然如今的局勢不好，但是，她總算開了一個炎黃大陸上從未有過的先河！我心中暗暗爲她叫好。

但第二個念頭就是心驚！無比的心驚。清林秀風在墨菲帝國如此的困境之下登上皇位，率其舉國哀兵與我拼死一戰。如果讓她成功，我軍傷亡必然十分慘重。我不能讓她有時間來重整旗鼓，必須要馬上對墨菲發動攻擊。

主意拿定，我日夜考慮，當我剛把目標放在了墨菲的第二重鎮鑠陽的時候，清林秀風突然將墨菲的王都東遷，遷移至鑠陽古都，這讓我感到無比震撼，看來我們想法一致，鑠陽，將是平定墨菲的關鍵一戰！

我將大軍兵分三路，向西行和向北行兩人爲左右兩路大軍的主帥，他們各領十萬人馬，迂迴包抄，以切斷墨菲其他各路的援軍，我對他們的要求，是務必要將墨菲援軍死死擋住，不能讓他們援兵鑠陽。而我親率四十萬大軍進軍鑠陽，我要讓鑠陽成爲一座孤城！

鑠陽，是千年前曹氏家族的中興之地！就是在這座古城之中，狼王曹玄以他無比的大智慧和大魄力發出了一個又一個震驚炎黃大陸的命令。就是這座古城，曾經一次次將挺進西恒的江南聯軍擊潰，也成就了曹玄統一炎黃大陸的不世霸業！

自墨菲建國之後，墨菲的帝王認爲鑠陽距離死亡天塹的路程太近，一旦敵軍突破死亡天塹，那麼鑠陽就等於毫無屏障，於是，他們將王都建立在了西京。但是，也正因爲這樣一個原因，他們無法成爲曹玄，無法統一炎黃大陸！現在清林秀風將王都定在了鑠陽，這種眼光之卓絕，超過了墨菲歷代帝王。她比任何人都明白鑠陽的重要性，西京雖然距離前線較遠，但卻是一座孤城，而鑠陽連接著墨菲各個軍事重鎮，守衛住了鑠陽，就守衛住了墨菲。

我不敢再有半點的遲疑，命令向南行爲先鋒，統領他麾下的麒麟軍向鑠陽殺去。而我自己則率領著大軍緊隨其後，我不能給清林秀風半點機會，對於這個女人，我從來都沒有小視。

大軍如同風捲殘雲一般，自雲霧山向鑠陽一線，我們所向無敵，沒有人能夠阻擋住我大軍前進的步伐，一路上，嗜血修羅的名字傳遍了整個墨菲。大軍所到之處，幾乎沒有受到任何頑強的抵抗，我們一路狂飆，殺向了鑠陽。

經過了三個月的征戰，我們突破了墨菲沿途二十六個城池，大軍來到了鑠陽城東二百里的地方。正在行進中，探馬突然來報，前方出現了一支兵馬。

我聞聽感到有些奇怪，怎麼清林秀風竟然敢出城與我決戰？不可能呀！如果說是墨菲的援軍，我更無法想像。早在兩個月前，向西行和向北行兩人已經將鑠陽兩線卡死，不可能有援軍突破，而我毫不知情呀！難道是……

我不禁打了一個寒戰，當下沒有考慮，率領眾將領來到了大軍前面。

只見一人馬隊向我們跑來，看那服飾，我不禁一驚。

越來越近，我終於看清楚了這隊人馬，正是向南行麾下的麒麟軍！他們盔歪甲斜，全無麒麟軍往日耀武揚威的風采，大旗息掩，一個個看上去狼狽不堪！

我一催胯下烈焰，攔在他們的面前，大聲地喝道：「都給我停下！」

眼前的這支敗軍停下了腳步，一匹戰馬飛馳到我的面前，從馬上跳下一員將領，他渾身斑斑血跡，滿臉的塵土，臉上帶著無法掩飾的驚懼神色，跪在我的面前，放聲大哭，「陛下……」

「發生了什麼事情？向先鋒呢？」我揚起手中的長鞭一鞭將他抽倒，怒聲喝道：「哭哭啼啼成什麼體統？快說！」

「陛下，向先鋒他，他……」那將領被我一鞭子打得不敢再哭泣，他哽咽地說著。

「他怎麼了？」我心頭不由得暴怒起來，「快說，不然朕立刻將你凌遲處死！」

「向先鋒已經陣亡了！」

我好像被霹靂打中一般，半天說不出話來。

向南行，火爆麒麟！他居然陣亡了？我無法相信這個事實。向南行武功之卓絕，在我軍團眾將之中排名前十，雖然還不能跨入天榜前十名，但是放眼炎黃大陸，能夠將他擊殺的人不多！而且，如果說他是被詭計所殺，我更是無法相信，向南行雖然外表火爆，但是心思縝密，做事比任何人都要小心，怎麼會……

「到底是怎麼回事？」我連忙問道。

那名將領穩了一下心神，哭泣著說了起來。

原來向南行作為先鋒，在昨日到達鑠陽城下。還沒有來得及安營紮寨，清林秀風率領城中人馬前來挑戰。向南行當然不會拒絕這樣的挑戰，他擺開陣勢，與清林秀風對陣兩軍。清林秀風親自出戰，兩人僅交手三個回合，向南行便被清林秀風飛劍斬於馬下。

我聽了不由得暗暗心驚！清林秀風竟然有如此的武功？我不信！當年在東京，我敢說她絕不是我的對手，如今更是不行。可是向南行一身武功卓絕，竟然被她三個回合擊殺？如果是我，我也許可以辦到，但是清林秀風……不可能！她怎麼會有如此高的功力？

我疑惑地看著眼前的將領，沉聲問道：「你是說，向將軍連三個回合都無法抵擋？」

那名將領說道：「是的，臣在陣前看得真切，在第二個回合，向將軍就被清林秀風一劍劈得吐血，本來向將軍想要退回本陣，結果清林秀風手中長劍虹光一閃，向將軍的人頭飛起，身體就摔在了馬下……」

我擺手示意他不要再說。心中有些憂慮，從我與扎木合一戰之後，再也沒有碰到對手，即使是神妙手執碧玉杵，也沒有讓我如此重視！但是如今看樣子，這清林秀風的功力不下於我。

我看了看天色，已經快要到黃昏了，我命令大軍就地紮營，決定先不急著向鑠陽急進。

當晚，我坐在大帳中反覆思量，越想越覺得有些奇怪。清林秀風在這短短的十年中竟然有了這樣的功力，實在是出乎我的意料！我突然間明白她爲何可以如此輕易地奪取了墨菲的政權，嘿嘿，以強大的武力使得西京兵馬司臣服，然後突然發難。

墨菲也是一個崇拜武力的國家，他們對於武功卓絕者有一種盲目的崇拜，當年的扎木合就是這樣得到了國師之位。自扎木合亡故之後，墨菲再也沒有什麼可以拿出來的人物，這也就造成了鄭羊君等一干臣子把握朝綱的局面。如今清林秀風突然殺出，可以說是為墨菲注入了新的希望。

不過，清林秀風究竟是怎麼練到今天這樣的修為呢？想當年，她可是連南宮月都無法收拾，可是聽那個將領所說的情況來看，她如今的功力幾乎可以和我相抗衡！

我百思不得其解，索性決定待明日大軍兵臨鑠陽城下的時候，再好好看個明白。

一夜無事，第二天大軍繼續向鑠陽進發。

我們在傍晚達到了鑠陽城東十里的地方，我傳令大軍將鑠陽緊緊包圍。而我則親自率領親兵來到鑠陽城外，我要好好的見識一下鑠陽城這座千年的古都！

鑠陽城高五丈，城牆全部是用大型的花崗岩堆砌而成，顯得十分寬厚。城外是蜿蜒而成的護城河。護城河前，縱橫的壕溝延綿三里，壕溝也顯然是經過了精心設計，十分深，而且裏面佈滿了密密麻麻削尖的木刺。再看城頭，旌旗招展，身穿素黃鎧甲的墨菲將士站立城頭，每十個垛口架起了一座巨大的發石器，算一算足有四五百具！

我看著眼前的架勢不禁暗暗心驚，看樣子，清林秀風是要在這裏和我進行一次決戰。看著那高聳的城牆和縱橫的壕溝，我知道這將會是一場艱苦的攻防戰。

突然間，鑠陽城頭人聲鼎沸，我凝神看去，只見城頭上，在一群人的簇擁下，一個三十出頭的女子站立在城樓之上！天色雖然已經昏暗，但是我依然可以清楚的看見那個女子的模樣。

一身乳白色的戰袍，上面繡有九龍盤旋。婀娜的身姿，被那乳白戰袍襯托得更加英姿颯爽，我一眼認出，她就是清林秀風！

自從東京一戰，我們已經有十年沒有再見了，十年了，她依然保持著她那傲人的風采。看到我在看她，她笑了。

「正陽，十年未見，一向可好！」她的聲音遠遠地傳入我的耳中，雖然相隔甚遠，但是我依然聽得清清楚楚。

我臉色不由得一變，那聽似清雅的聲音，帶著一種震撼我心神的魔力，使得我感到有些心動神搖。光是憑這份功力，她已經可以和我抗衡了！

真氣流轉之處，我穩住心神。

「秀風殿下一向可好，正陽這裏有禮了！」我也不禁笑著回道，「十年不見，秀風殿下依然是這樣風姿動人，正陽卻已經有些老了！」

「是嗎？呵呵，正陽如此說話就客氣了！」清林秀風答道，「不過，修羅威名可是越來越大了！今日能夠再逢正陽，你我再也無法把酒言歡了！」

「是呀，正陽這些年每每想起，都覺得有些遺憾！」

「是嗎，不知道嫂夫人可好？」

這一句話讓我神色大變，我臉色變得十分難看！開元之戰乃是她一手策劃，又怎麼會不知道其中的結果？我看著她，眼中充斥著怒火。

過了好半天，我將自己心頭的火氣強行壓下，勉強帶著微笑說道：「拜秀風殿下所賜，惜月和秋雨已經證道，如今剩下我等這樣的俗人在塵世間苦苦地掙扎，嘿嘿，想起來朕真的是有些……」

旭日東昇，初春的太陽和煦溫暖，陽光普照大地，給萬物增添了勃勃的生機！鑠陽城外，閃亮的刀劍在陽光的輝映下閃爍著森冷的寒光，戰旗獵獵，迎風飄揚。

突然間，轟一聲炮響，陣前的數百門火炮同時向鑠陽城頭開火，在一聲聲劇烈的爆炸聲中，鑠陽城頭被一片硝煙籠罩。這種由鄧鴻等人研製出來的新式攻城利器，裝備在軍團的時間並不長。由於威力巨大，軍團中的將士們俗稱這種火炮叫驚天雷！這種在炎黃大陸上從來沒有出現過的火器，曾經在無數次的戰鬥中顯威，爲帝國立下了無數的功勳，如今它將要面對的是鑠陽堅硬的花崗岩城牆，它將再次顯示出強大的威力！

炮聲過後，戰場一片寂靜，鑠陽城頭上沒有一個人出現，似乎是死城一般。

一陣戰鼓聲響起，隆隆的戰鼓聲中，列隊在城外的帝國士兵開始向鑠陽城發動攻擊。工兵衝在最前，用木板和沙包將壕溝填平。緊跟在他們身後的帝國士兵們，在戰鼓聲中發出了震天的吶喊，他們向鑠陽城頭潮水般地湧去。

一陣密集的梆子聲後，就在帝國士兵衝到了距離城頭只有一箭之地的距離時，城樓上突然出現了無數的墨菲士兵，手中的弩箭雨點般向帝國戰士射去，撲天的箭雨，將天上的陽光遮掩，衝在最前面的戰士紛紛中箭倒下，但是他們身後的戰士們依然吶喊著，揮舞著兵器向城頭衝去。

嗡！一塊塊巨石自城頭飛落，堅硬的盾牌無法抵擋住強大的衝擊力，頓時碎裂，盾牌下的士兵們瞬間被飛射而來的箭雨奪取生命。

我站在營前的土坡之上，觀看著整個戰局。隨著從戰場上傳來的陣陣嘶喊聲，我的心中不由得沉了下來。

鑠陽城前地勢極爲狹窄，這樣的地形對於攻擊的一方來說極爲不利，在如此狹小的空間裏面，根本無法展開大規模的攻擊。所以在一轉眼之間，我軍的死傷極爲慘重。在炮擊開始的時候，鑠陽城頭的士兵全部退下，當炮擊結束，他們又重新站在了城頭之上，頑強的阻擋著我軍的前進！

衝在最前面的重裝步兵，雖然有盾牌的掩護，但是從城樓上飛來的石塊帶著強大的衝擊力，使得他們根本無法抵擋。在如此的攻擊中，給我軍造成極大的傷亡。

我擺手示意停止攻擊。在一陣銅鑼聲響後，士兵們像退潮一樣的湧了下去。

「聖上，怎麼辦？」身邊的仲遠低聲問道。經過了開元血戰的洗禮之後，他已經成爲一個合格的軍人，此次我將他和鍾陽帶在身邊，就是想爲帝國培養出一代年輕的將領！

「再看看！」我面無表情地說道，眼睛陰冷地注視這城頭，沉默了一會兒，冷冷地說道：「給我開炮！」

轟……

又是一陣猛烈的炮擊，數百門火炮響亮的轟鳴聲將整個大地震得都在顫抖。果然，鑠陽城頭又是一陣寂靜！

戰鼓聲再響，在樓車的掩護下，我軍發動了第二次的攻擊，經過了短暫休整的士兵們排成隊列，如潮水般地湧去。城頭上人頭簇動，箭雨紛飛。

「開炮！」我咬著牙說道。因爲這種火炮編入軍團不久，士兵們還沒有學會如何在火炮的掩護下發動進攻。但是已經沒有時間讓他們再專門訓練，眼前的戰場就是一個最好的學習機會！

火炮轟鳴，頓時將城頭如同雨點般的石頭壓了下去。大部分的火炮準確地轟擊在鑠陽的城樓上，也有一部分炮彈落在了正在衝擊的帝國士兵之中。正在發動攻擊的士兵們顯然沒有想到在這個時候火炮會發動攻擊，慌亂之下著實死傷無數，但是他們畢竟都是帝國的精銳，在短暫慌亂過後，他們立刻恢復了平靜，繼續向城樓發動猛烈的攻擊。

「聖上，這可是有點冒險呀！」仲遠低聲地說道。

「嘿嘿，在戰場上學會打仗，才會成爲真正的軍人！遠兒，陽兒，你們將會是帝國未來的支柱，更要明白這個道理。有些時候我們必須要學會做一些犧牲，你們看，我們的將士們不是在這短暫的時間裏已經明白如何躲閃誤擊的火炮了！」我沉聲說道，眼睛一直注視著戰場。

果然，在經過了一段時間的慌亂之後，雖然士兵們死傷了一些，但是他們馬上就會注意躲閃飛落在他們中間的炮彈，整個陣形在散亂了一陣之後，再一次有條不紊向鑠陽城去。

帝國的士兵們已經衝到了城下，他們搭起高大的雲梯，向城頭上勇猛地攀登。在經過火炮攻擊的城頭上，再次如同雨點般的落下滾木檑石，一瓢瓢的熱油順著城牆向下潑去，接著，無數的火把扔下，頓時城牆燃起了熊熊的大火，在火光中的士兵們發出了淒厲的慘叫！

「鍾陽！」我大聲喝道。

「末將在！」鍾陽閃身站在我的身前。

「你率領一支人馬，給朕向城頭衝！」

鍾陽聞聽我的命令，立刻露出了興奮的神色，他探手從身上拔出兩柄車輪大斧，點齊人馬，衝出本陣。

遭到城頭猛烈攻擊的帝國士兵們本來已經有些慌亂，鍾陽率領著一支重裝步兵轉眼間衝到了城下，雲梯再次搭起，他第一個向城樓衝擊上去。

受到鍾陽的鼓舞，士兵們頓時冒著雨點般的石頭和炙熱滾燙的熱油，又一次勇猛地發起了衝鋒。

喊殺聲一直持續到了天色昏暗，我軍一共發動了九次衝鋒，但是每一次都被擊退了下來。在城下，丟棄了無數的屍體，鍾陽身上也是血跡斑斑。

鑠陽城依舊那樣巍然地聳立在我的面前！

我低頭沉思，鑠陽城如此堅固，一天的炮擊下來，僅僅傷其表面，根本沒有動到它的筋骨。這千年的古都果然名不虛傳，我該怎麼辦？

「皇上，請皇上責罰臣下！」鍾陽看我半天不說話，忍不住站出來跪在我的面前。

我一愣，「鍾陽爲何有此說？你何罪之有？」

「皇上，都是臣督戰不利，無法攻下鑠陽，有負皇上的信任！」

我聞聽呵呵笑了，「鍾陽，起來！朕怎麼會責罰你。攻城之戰本來就是這樣，怎麼可能說打下來就打下來？死傷是難免的，更何況，你面對的是一座已經建立了千年的古都。自曹雍稱雄西恒開始，鑠陽經歷無數次的休整，本就不好打。你今日身先士卒，在幾次攻城不力的情況下都振作將士們的士氣，所以朕不但不罰你，還要好好獎賞你！」

「謝皇上！」

我笑了笑，對帳中眾將說道：「各位將軍，不用如此垂頭喪氣。我們還沒有失敗，今天只是我們的第一仗！大家好好休息，我們明天再次對鑠陽發動攻擊！」

「吾皇萬歲，萬歲，萬萬歲！」

……

接下來的十天裏，我軍的火炮發揮了最大的威力，晝夜不停地向鑠陽城發動了一次次兇猛的攻擊，在炮火中，鑠陽城上的墨菲將士們一次次地將我們擊退，它依舊在硝煙中高聳在我們的面前！

夜已經深沉。我獨自坐在軍帳中，眉頭皺成了一團。短短的十天，我軍傷亡高達五萬！雖然鑠陽方面的死傷也很慘重，但是卻始終將我們擋在了城下。清林秀風親自出戰，她帶領著城中的將士將我們的進攻一次次地擊退。由於她的出現，使得鑠陽的守軍士氣高漲，抵抗十分頑強。

曾經有幾次已經有人衝上了城頭，但是清林秀風神威大發，率眾擊殺。我站在遠處看到她揮舞長劍，在瞬間擊殺無數的將領，看她的用劍，已經領悟無上的劍道。

如此下去，我們究竟什麼時候才能攻破鑠陽？想到這裏，我不由得感到有些羞怒。只是一座小小的城池，只是一個小小的女人，竟然將我四十萬大軍擋在城下，傳揚出去，我修羅顏面何存！

我不由得重重地擂了一下桌子。

正當我心中煩悶的時候，突然從帳外衝進來了一個內侍。他來到我的面前，手中拿著一封戰報，雙手呈在我的面前，口中欣喜地說道：「皇上，梁王戰報！」

我微微一愣，梁興？我無法掩飾內心的激動，站起身來一手將戰報奪過，打開一看，不由得放聲大笑。

「吾弟正陽親啟，兄於九月穿越無邊大漠，時經四個月。大漠風寒，且各種磨難接連不斷。初入大漠十五日，大軍行進尚可，十五日後，蒼茫黃沙，兄不知方向……人困馬乏，面臨絕死之境之際，幸得沙漠中土族相助，兄與大軍脫離困境，於新年來臨穿越大漠。然方出大漠，聞弟火燒銅陵關，突破死亡天塹。兄心中五味俱在。且喜，且悲，且怒，且憂……喜者，因弟突破雄關，得不世威名，一統天下之日屈指可數；悲者，為二百萬居民而悲，一將功成萬骨枯，兄時值今日方才明白；怒者，弟不聽兄之勸告，一意孤行；憂者，弟鑄此千古殺劫，他日終有惡報。然細想，兄心中只為弟喜，弟憂！其因已述，不復贅言，只望弟收斂殺念，萬勿再造殺劫。兄於大漠羌族部落休整一月，得羌族之助，於二月出兵，三月突襲西京，收服西京二十四鎮，故弟可全力與秀風決戰，兄將在平息西京諸事之後，於四月出兵，夾擊鑠陽！望弟慎之又慎，萬不可再做無道之事！

梁興　炎黃曆一四七六年三月三十日」

好一個夜叉，好一個天齊王！不愧是我的大哥，竟然能夠穿越浩瀚沙漠，千里奇襲墨菲的後方。若天下間還有人能夠說我，那麼就是梁興。雖然我對他前段時間一直心有猜忌，但是當我讀了此信之後，好生羞愧。

雖然梁興沒有述說如何穿越大漠，但是其中的艱險我是可以體會的，沒有想到他居然成功了！而且拿下了西京，威震墨菲二十四鎮。那麼就是說，如今的鑠陽，真的是孤城一座，將再也沒有半點的援兵。

我立刻命令麾下傳令官，召集營中眾將。諸將來到了大營，個個都是睡意朦朧，可是當我將這個消息說出之後，頓時整個大帳中一片歡呼之聲。

守在門外的衛兵也聽到了帳內的喧鬧，不一會兒，西京大捷的消息瞬間傳遍了整座大營。原本沉寂的大營頓時像炸開了鍋一般，所有的人都走出了營帳，大聲歡呼著。

我坐在大帳中，清楚地聽到外面的歡呼聲，不由得微微一笑。環視帳中的將領們，我示意他們安靜下來，沉聲說道：

「梁王雖然已經取得了勝利，但是我們還不能過於樂觀。鑠陽一天沒有打下，我們就一天無法實現真正意義上的一統炎黃，所以我們還需要繼續努力！」

「聖上，不用說了，臣願意明日率領一支人馬殺上城頭，為吾皇取下鑠陽城！」我話音未落，鍾陽第一個站了起來，他口中大聲地喊道。

「哦，那麼前幾日你好像也帶著人馬衝鋒，似乎並沒有拿下鑠陽吧！」我看著有些得意的鍾陽，一桶冷水潑了過去。

「這……」鍾陽被我說得面紅耳赤。

我伸手讓他坐下，看著眾將說道，「西京的守將和鑠陽的清林秀風相比，相差何止千百倍。先不說此人用兵如何，但是她在短短的數月穩定鑠陽民心，使得鑠陽舉城應戰，這已經足以說明了問題。而且她武功高強，專門撲殺攻上城頭的將領，鍾陽兩次登上城頭而至今依然活著，朕只能說是他的運氣好！」

眾人聞聽，臉色也不由得凝重了起來，他們知道我並不是在危言聳聽，而是一個無法迴避的事實！

看到眾將都面帶憂慮神色，我又一次笑了，「不過，大家也不必如此緊張，如今梁王平定了西京二十四鎮，使得鑠陽孤立無援。打仗靠的是一股銳氣，而現在鑠陽守軍銳氣正足，所以我們不宜和他們強攻！」

「那皇上的意思是……」一旁的仲遠似乎聽懂了我的意思。

我讚賞地點點頭，「不錯，我們不攻！」

「不攻？」

「是的，既是攻，也是不攻！」我看到大家還沒有明白我的意思，就接著解釋道，「朕的意思是不要強攻，我們將鑠陽牢牢圍困，不用攻城。等到他們銳氣盡消的時候……」

「皇上的意思，可是要讓鑠陽耗盡所有的資源，使得他們無力再戰？」仲遠說道。

「不錯，我們斷絕他們的水源，讓他們耗盡城中的糧草！但是光是這樣還是不夠，我們要讓他們絕望！」我笑著說道。

「絕望？皇上，如何讓他們絕望？」

「呵呵，若是我們告訴他們後援已經斷絕，如今是孤城一座，那麼，你說城中人會是什麼樣的反應？」我笑著向仲遠問道。

「臣明白了！」

我點點頭，對著眾將說道：「傳令三軍，明日開始對鑠陽進行圍城之戰！」

「臣等遵命！」

第二天，我帶著兩名親兵，獨自來到了鑠陽城下。看到我的到來，鑠陽城頭上的軍士們都露出了緊張戒備的神色。

我對著城頭高聲喝道：「告訴你家主公，就說修羅帝國國君許正陽請她城頭答話！」

城樓上一派寂靜，沒有人說話。過了一會兒，清林秀風在城樓露出臉來，十餘日的大戰似乎完全沒有影響到她，她臉上依舊是一副笑盈盈的樣子。如果不是親眼看到她在城頭的屠殺，我絕不會相信如此一個美麗的女子，殺起人來竟然那樣兇狠。

「正陽今日前來，不知道有何指教？莫非是因為久攻不下，心中著急，想要和朕和談？」清林秀風口中也是稱孤道寡。

但是我聽著極為不快，這女人也稱孤道寡，實在是令人難以接受！我想了一想，抬頭說道：「秀風殿下，妳我之間從合作到敵對，如今也已經有了十幾年，這十幾年的相識，正陽或許騙過妳，但是請相信，今日正陽所說，皆是為了鑠陽的百姓！」

「哈哈哈，修羅何時有如此的好心？實在是讓秀風感到有些吃驚！莫非今日太陽從西邊出來了？」

「我軍已經收服了西京二十四鎮，如今鑠陽城孤城一座，即使秀風殿下有通天的本事，也無法扭轉乾坤。所以，正陽今日是作為一個朋友想告訴秀風殿下，快快開城投降，否則城破之日，將是鑠陽流血之時！」

我的話頓時讓鑠陽城頭上一片混亂，守城的軍士們頓時騷動了起來，他們都一起看著清林秀風，等待著她的回答。

清林秀風的臉色變了數變，突然間她笑了，「正陽又在騙我！呵呵，要想平定西京二十四鎮，唯有突破我鑠陽城，但是正陽大軍被我擋在城外，莫非是正陽的魂靈跑去收服了西京？哈哈哈……」

我嘆了一口氣，看著在城頭笑得花枝亂顫的清林秀風，緩緩地說道：「秀風殿下太小看正陽了，不錯，通往西京的大路必須要經過鑠陽，可是若正陽派一支奇兵出戰，穿越千里大漠，奇襲秀風後方，妳說會如何？」

頓時，清林秀風臉色變得十分難看，她看著我，雙目猶如兩道有形的利刃，似乎要穿透我的心。

「不可能！沒有人能夠穿越千里大漠！」她失聲喊道。

「但是我們確實做到了！秀風殿下難道沒有發現，我的身邊少了一個人？」我沉聲問道。

「夜叉王梁興！」秀風似乎突然間明白了過來。

我點點頭，看著清林秀風，「秀風殿下，妳雖然足智多謀，但是卻沒有人來幫助妳。而我身邊有一個夜叉，他足可以頂十萬大軍！正是他在半年前開始穿越大漠，如今他已經收服了西京二十四鎮，也許用不了多久，妳就可以見到他了！」

清林秀風沉默了。

「秀風殿下，我不管妳曾經如何，只要妳開城投降，那麼正陽向妳保證，絕不亂殺一人，如果真的是等到城破之時……」我冷笑了兩聲，「秀風殿下，妳應該知道我的脾氣！」

「好一個修羅，好一個夜叉！」

我聽到清林秀風訥訥地說了兩句，她沒有回答我的話，轉身從城樓隱去。

我知道我的目的已經達到了，我已經打擊了鑠陽守軍的信心，甚至連清林秀風也產生了猶豫。但是我也明白，這不是一兩天可以解決的事情，畢竟包括清林秀風，也要有一段時間來考慮。

我一拍烈焰的腦袋，烈焰立刻轉身向大營走去，走了兩步，我再次回身對城樓上說道：「秀風殿下，望妳好好的考慮，朕等妳的答覆，不過，不要讓朕等得太久，妳知道朕的耐性不多！」

說完，我跨坐烈焰，向大營飛奔而去。

第九章　一戰定國

坐在大帳中，我悠閒地把玩著手中的茶杯。已經過了三天了，三天來，我始終沒有對鑠陽發動攻擊，而是將鑠陽二十六處水源全部斷絕。當然，我知道這無法將鑠陽的水源完全斷去，但是這已經足夠了。

這是我領兵打仗以來最為悠閒的一次，沒有震耳欲聾的戰鼓聲，沒有響徹天空的廝殺聲，但是我知道我已經勝了！

清林秀風一直沒有回音，我想她一定還在考慮，我等待她的答覆，但是我的耐心真的是越來越少了。

正當我在帳中無聊地把玩茶杯的時候，一個內侍來到了帳中：「萬歲，鑠陽使者在帳外求見！」

鑠陽使者？呵呵，看來清林秀風做出決定了！

我沒有遲疑，一揮手，大聲的說道：「讓他進來！」

鑠陽使者昂首挺胸地走進了大帳，臉上沒有絲毫的畏懼之色。我心中暗暗的稱讚此人的膽色著實不錯，清林秀風的門下，果然不同一般。我看著那使者來到了我的面前，不卑不亢地躬身一禮。

「大膽，見到天朝帝君，竟然還不大禮參拜！」站在我身旁的內侍大聲地斥責那使者。

「小使乃是墨菲的臣子，心中只有清林陛下，其他的所謂帝君，小使一律不承認！而且今日小使代表的是我家主公，躬身一揖乃是小使對陛下的崇敬之情，說起來已經很合禮儀。若是有所得罪，還請陛下原諒！」

我不由得笑了，伸手阻止身後的內侍再發話，我饒有興趣地看著那名使者。「是你家主公讓你如此說的吧！」我突然開口問道。

使者先是一愣，臉上不由得露出了赧然的神色，他看著我有些不知如何開口。過了好半天，他才沉聲的說道：「不錯，我家主公說陛下最愛豪氣之人，若是軟手軟腳，一來讓大人恥笑，二來丟我家主公的顏面，反而會丟了性命！」

我點點頭，「嗯，秀風殿下倒是瞭解朕！你叫什麼名字？」

「司馬紹康！」使者看著我大聲說道。

「秀風殿下有你這等人物，當真是不簡單！可惜殿下得勢太晚，若是早些成事，那麼今日的炎黃大陸，鹿死誰手，尚未可知呀！」我看著這名使者，不由得突然心生感嘆。

聽到我如此讚揚清林秀風，司馬紹康臉上露出自豪的神色，他大聲地說道：「墨菲帝王昏庸，不足以成大器。我家主公卻是胸懷錦繡，實乃有霸主雄才！可惜……」說著，他臉上露出了黯然的神色。

我知道他想說什麼，只是呵呵的笑了笑。然後開口問道：「好了，告訴朕，你今日前來我這大營之中，究竟有何目的！」

「小使今日前來，乃是代我家主公來給陛下下戰書！」

「下戰書？」我聞聽不由得一愣，「下什麼戰書？」

司馬紹康自懷中取出一封信，雙手向我遞來。身後的內侍走上前將書信接過，恭敬地放在我的面前。我低頭掃了一眼。

「修羅帝國國主許氏正陽啟，閣下起傾國之兵，攻我西荒之地。先敗我西南重兵，後火燒雲霧四城，更有夜叉穿越大漠，攻我西京重鎮！此皆神妙之筆。秀風雖傲，但卻心感佩服！若秀風領兵，定無法有此作為。今我鑠陽，孤城一座，內無糧草，外無援兵。但舉城百姓，皆願戰死城中，以保我墨菲不屈之忠貞之氣。然秀風思量，為我清林一家，已死傷太多，實不易再起干戈，血流成河。故秀風斗膽向正陽請戰，你我決戰大漠，若秀風勝，則請保我鑠陽百姓不受刀兵之禍，秀風願甘受正陽處置；若秀風敗，則秀風必死，鑠陽之事也再無力插手，隨正陽處置，而秀風心中再也無憾！若正陽同意，秀風將於兩日後，於鑠陽城外大漠之中孤身恭候正陽。若正陽不允，秀風當率領我鑠陽百姓，與正陽決死一戰，不死不休！

言盡此，秀風聆聽正陽佳音！

清林秀風」

我看著這封信沉默不語。清林秀風這是要做什麼？她孤身於大漠之中，難道其中有什麼詭計不成？我疑惑地看著司馬紹康，只見他的臉上異常地平靜，沒有半點的情緒波動。

我心中沉思，如今仗打到了這個地步，確實也無需再做無謂的流血。不論清林秀風有什麼詭計，但是在這信中卻是說的冠冕堂皇。我不能軟弱！想到這裏，我抓起桌上的毛筆，在戰書上寫了五個大字：兩日後決戰！

寫罷，我甩手將戰書扔給了司馬紹康，冷聲地說道：「告訴你家主公，許正陽應戰！」

五月，本是春暖花開的好時節，但是從昨日突然刮起了狂風，那大風來自浩瀚的大漠。

我與清林秀風的決戰，驚動了整個大營。營中的眾將都表示不贊同我前去，但是沒有人能夠動搖我的決心，即使他們在我大帳外長跪不起，依然無法讓我改變主意！

這不僅僅是一場簡單的決戰，若是我不應戰，那麼，我今後再也無法保持我天下第一高手的名號，而且，那將會是我一生的遺憾。我曾看到過清林秀風出手，自十年前與扎木合一戰之後，再也沒有碰到任何可以讓我感到心動的對手，但是當我在城下看到清林秀風那渾若天成的招式，無堅不摧的勁氣時，我的心其實已經在召喚我向她挑戰！

我在大帳中靜坐了兩天，一步也沒有走出大帳。在這兩天中，我靜靜地調息著我的氣機，我要使我自己達到一個大圓滿的無上境界。對這樣的一個對手，我必須要做好準備，用我最佳的狀態前去和她對決，否則不僅是對她不敬，更是對我自己的不敬。

我在經過了一次圓滿的禪定之後，活動一下腿腳，大步走出了軍帳。

來到了大營外，我示意下屬要注意鑠陽的動靜。看到他們都明白了我的意思，我笑著點點頭，向遠處的大漠飛馳而去。

一望無際的浩瀚沙漠，廣闊無邊，四面望去，感到天似乎很低很低，一直從虛無垂到大地。

黃沙漫漫，接天連地。

寂靜，死滅，荒涼。

我邁著堅實的步伐，慢慢的走著。我不會浪費我半點的力量，因爲我知道我將要迎接我一生中從未有過的惡鬥。

我看到了清林秀風。她站在那裏，依舊是一身乳白色的皇袍，臉上帶著靜逸的微笑。風沙呼嘯著從她的身邊掠過，但是卻無法吹動她的衣衫。她顯得是那樣的孤絕，那樣的高傲，彷彿是一棵蒼松一般，立於大漠上，與身後的漫漫黃沙似乎融爲了一體，除了她那一身耀眼的白色。

看到我走來，她笑了，「正陽果然是有信之人呀！」

我也笑了笑，沒有說話。慢慢地走到了她的面前，我看著清林秀風，突然說道：

「殿下為何要與正陽決鬥？其實妳可以離開，正陽相信，憑妳的身手，若是要離開，恐怕合我與梁興兩人之力，也不好將妳留下。」

「多謝正陽的誇獎！」清林秀風笑了笑，她沒有回答我的問題，扭頭看著浩瀚的大漠，久久沒有出聲。我沒有開口，我在等待著，等待著她後面的話語。

「正陽看這眼前的大漠是否壯觀？」

我默默的點了點頭。

「這大漠是我墨菲的根本！」清林秀風說道：「當年我清林一脈就是從這荒涼的大漠中走出，那個時候，先祖身邊僅僅只有幾十個人！但是，現在我墨菲雄霸西域百年，其中有多少的艱辛不為外人知曉。大漠無情，卻是最有情的地方，它可以錘煉人的意志，開闊人的心胸，秀風自己也獨愛這片無邊的黃色……」

我也曾在大漠中生存了十幾年，我明白清林秀風話中的含意，沒有開口，我知道她還有話說。

「可惜自清林一脈建立帝國之後，人們都變了。他們開始貪圖享樂，他們害怕大漠，害怕這大漠的荒涼，害怕這大漠的無情！於是他們遠離了大漠，但是他們不知道，他們離開的不僅僅是這片荒漠，還有先祖創業時的那種精神！」說到這裏，清林秀風扭頭看著我，「正陽可曾明白秀風話中的含意？」

我點點頭。

「可惜秀風是一個女人，一直以來，秀風雖然一心想要重振我墨菲的雄風，但是卻總是被他人壓制！雖然這次我以武力逼迫，強行拿下了墨菲的皇位，但是晚了！若是能夠早十年，秀風必然能夠將炎黃大陸一統！正陽可相信？」

「秀風睿智，這一點正陽從來都佩服！」我低聲的說道。

清林秀風笑了，她那種絕美的面龐露出了一抹淒美，「可惜……」她感嘆道。

我知道她在可惜什麼，她不是為了這小小的墨菲而可惜，她是在可惜那大好的天下。

沉默半晌，我突然開口問道：「秀風，正陽心中一直有一個疑問，不知道秀風能否為正陽釋疑？」

她看著我，笑著說道：「正陽不需要客氣，如今你我大戰將至，你所有的疑問，秀風都會為你解釋。在這廣闊的大漠中，是不需要有任何隱瞞的！」

「我觀秀風如今的功力，已經是進入了天人合一的境界，不知道可是這樣？」

「十年前，秀風武功雖然高強，但是卻無法進入天榜三十名，當時，秀風連南宮月道長都無法擊敗。如今南宮月身手已經可以進入前三，但是那日在城頭上一見秀風的時候，正陽知道，秀風如今的功力卻要比南宮月還高上一籌！若說天資聰慧，秀風和南宮月相差不多，但是南宮月自從跟隨蒼雲大師之後，經大師無上的加持，才有的今日的成就。而朕，也是經過了無數次在死亡邊緣上掙扎，才達到如今的境界。秀風即使是在這十年如何的用功，也都難以有此精進。正陽心中疑惑，不知道秀風是如何修煉？」

聽到了我的問話，清林秀風臉上瞬間籠罩上了一層陰鷙的氣息，她默不作聲，好半天，才說：「正陽是想知道秀風這一身武功的來歷？」

我點點頭。

「這其實都要拜正陽所賜！」清林秀風慘笑著說道。

「我？」我有些不太明白。

「正陽還記得當年我師扎木合敗於正陽之手，秀風帶著我師強行突圍的事情嗎？那日我將扎木合救走之後，扎木合已經被你打得氣血大傷，他竟然想要搶奪我的紅丸，以補充他耗費的功力！」清林秀風的臉上不由得露出了悲憤神色。

我聽得一驚，萬沒有想到扎木合是這樣的人物。我連忙問道：「那秀風沒有事情吧？」

「正陽還關心秀風？」清林秀風冷笑著問道。「他扎木合再聰明，卻沒有想到我因為早就有所防備，於是在他試圖對我不軌的時候，在他不防之時，突然施展釆戰之術，將他一身的精血吸乾……」

她說的輕描淡寫，但是聽在我耳中卻覺得心驚膽顫。沒有想到……

「正陽可覺得秀風乃是一個無恥之人？」她慘笑著看著我問道。

我連連的搖頭，卻不知道如何的開口安慰。

清林秀風長長的出了一口氣，看著遠遠的天邊，突然說道：「要起風了！」說著，她神色一變，看著我冷冷地說道：「好了，你我敘舊已夠，讓我們開始我們的決鬥吧！」

我只感到自清林秀風的身上有一股可以籠罩天地的氣場瞬間發出，帶著無盡的殺氣向我湧來。我神色一變，轉眼進入了與天地相融的無上空靈之境，磅礡的真氣在圓融中迎向了清林秀風。

風沙舞動，向我們漸漸地撲來。兩個氣場在空中交會，龐大的真氣相撞，沒有任何的聲響，但是一股強大的衝擊波向我衝來，我的身體也被那強大的氣流推動，向後飄去。清林秀風的情況比我好不了多少，她同樣向後退去……

兩股真氣所產生的氣流在原地激盪起漫天的沙塵，我不敢有半點地懈怠，雙眼似閉還睜中，捕捉著清林秀風那縹緲的氣機。黃沙激盪，瞬間將我們籠罩！

清林秀風站在我的面前，那距離很近，但是卻給我一種遙不可及的感覺。這種視覺上的差異，我曾經在和蒼雲一戰中體味到過，但是沒想到在今天，我再次的領略到了這種矛盾之法。心中不禁有些驚悸，沒有想到，眼前的清林秀風修為已經如此之高了！看來今日的一戰如果不打起十二分小心，恐怕還要敗在她的手中。

忽然間，清林秀風全身袍服在真氣的鼓動之下狂拂，在這種真氣的催動之下，整個平靜的天空似乎立即陷進一個風暴裏，如此激盪的真氣，風沙詭異地在空中打著旋，卻沒有一粒落下，而我此刻更像是在風暴中心的孤松，耳際狂風呼嘯，全身如被針戳般刺痛。

大喝一聲，我全身收斂的真氣在瞬間向外爆發，包圍在我身邊的沙塵在瞬間飛射清林秀風。在飛沙激盪中，我身體似乎突然間毫無重量，橫空飄游著，一拳向清林秀風擊去。

清林秀風像一塊木板般微往後仰，我一拳頓時擊空，心叫不妙時，她在背脊離地只餘尺許之際，忽然把身子扭側，一足立地，身子回彈，另一足向我的小腹閃電踢來。

這一腳踢得十分突然，完全超脫出了人體結構的限制，毫無任何軌跡可尋！我暗自讚嘆這一腳的同時，絲毫不敢鬆懈，拳勢一收，變拳為掌，在清林秀風的足尖輕輕一按，身體也借著這一按之力，向後倒飛而去。

空中一個急旋，在飛退中突然前進，我整個人彈起，雙膝屈曲貼胸，雙手抱膝，頭卻塞進兩膝間，活像人球。在空中急速的轉動，呼嘯著向清林秀風砸去。在到達她的上方之時，四肢突然張開，兩腳連環踢出，將清林秀風完全籠罩在我的攻勢之中。

清林秀風半仰的身體在一個不可思議的角度突然彈起，橫身一閃，讓開我飛踢而來的雙腳，右手掐劍訣向我胯下戳來。

「秀風殿下難道想讓許某絕後？」我兩腳突然收起，變成盤膝凝坐半空，兩手往上虛抓，接著就那麼盤坐翻跟斗，瞬間脫出了清林秀風的攻擊。

雖然只是短短的幾下接觸，甚至根本沒有什麼身體的碰撞。但是我已經知道了清林秀風如今的功力竟然不在我之下，同時，我也被她那種狂野的攻擊所震驚！

清林秀風臉上帶著淡雅的笑容，輕聲的笑道：「正陽當知道對手交鋒，就是爲了致敵於死，如果心中太多的顧忌，又怎能獲勝？呵呵，說實話，秀風可不想讓正陽絕後！」說著，那淡雅的面孔上突然顯出一番妖媚的神色，她嬌聲地笑道：「那麼，正陽可願領教秀風與大漠中獨創的心蓮幻殺訣？」

「心蓮幻殺訣？」這個名字倒是第一次聽到，我不禁感到一愣，當下笑著說道：

「既然秀風相邀，許某怎能拒絕？呵呵，那麼，就讓許某見識一下秀風妙悟的神功！」說話間，我再次進入了一種虛照圓融的空靈之狀。

清林秀風既在那裏，也似不是在那裏，正出入於有無之間，動中含靜，靜中生動。我突然間完全把握不到她下一步的動向。如今的清林秀風完全沒有半點破綻，她在驟然間似乎和整個大漠合而爲一，大漠就是她，而她就是大漠。我不由得心驚不已。

清林秀風緩緩伸手，掌心向外，另一手移前，兩手合攏作蓮花狀，然後十指波浪般抖動，活似新荷盛放，頗有像能將某種玄妙的道理揭示出來。這朵以雙手模擬出來的活蓮花，本身亦是完美無瑕，並帶著無比詭異的魔力，左手向前，以迅疾的手法在胸前連續畫出近十個圓圈，大小不一角度各異，古怪詭異至極點，登時氣勁「環」空。

我哂然一笑，左手重收背後，輪到右手撮指。充滿殺傷力的氣環全給「掛」在我的手腕處，右掌鋒往清林秀風的蓮花手印疾刺而來，取點是花蕊的正中心。那是最強的一點，亦是最弱的一點。

清林秀風兩手分開，迅又合攏，當掌心相距約半尺時，左右掌心分別吐出一股勁氣，合而成圓融的氣球，往我刺來的掌鋒迎去。

砰！砰！氣勁交擊之聲不絕如耳，每一個氣環的交接，都使得我和清林秀風的身體向後同時退去，當最後的一個氣球和我手腕上的氣環相交時，我和她之間的距離已經相距二十餘丈。

「秀風好功夫，以圓融破圓融，當真是無上的妙法！」我笑著說道，「只是這心蓮幻殺訣的厲害，正陽似乎還沒有看到！」

清林秀風笑了笑，沒有答話。

相隔二十丈，我陡然感到一股逼人的勁氣向我衝來，那勁氣中帶著無盡的殺氣，讓我感到了無比心寒。真氣運轉，我連忙提聚全身的功力，向那股勁氣迎去。

勁氣忽消。

我只覺虛虛蕩蕩，生出難過感覺，心中叫糟，在如此長的距離中，而清林秀風像一步邁來，招式從有轉無，再從無轉有般出現身前五尺之處，右手伸出中指，往我眉心點來。

她的手法卻是變化萬千，每一剎那都作著微妙精奇的改變，只要看不破其中任何一個變化，都是注定敗亡的悲慘結局，且每一個變化都造成一個幻覺，令人再分不出甚麼是真，甚麼是假。

瞧著清林秀風變化無窮的一指，指風將我完全籠罩，其中氣勁強弱分佈又不斷微妙改動，使人防不勝防，擋無可擋。我心中的第一個念頭，避開她的鋒芒，來個避之則吉。可是如果那樣，清林秀風接踵而來的攻勢如何應付？現在眼睜睜瞧著她一指攻至，仍難以掌握其變化，何況是倉皇退避之時。

這些念頭電光石火的在我心中掠過，一掌劈出，角度亦不斷變化，以應付清林秀風鬼神莫測的玄妙手法。

表面看來，我們兩人是旗鼓相當，但我心中清楚，從清林秀風出手的那一刻起，我已經是被她牽著鼻子走，因爲我每一個變化都是應清林秀風新的變化而生，處於絕對的被動和下風。

眼看指掌交擊，清林秀風在幾近不可能的情況下，長指擺掃，當我想要應變時，時間已不容許。

指尖掃打掌鋒。我如給萬斤大鐵槌重重敲擊，整條手臂被她強大的真氣震得發麻，我萬萬沒有想到清林秀風這看似輕巧的一指乃其全身功力所聚，真氣碰撞，我的身體被兩股強大真氣壓迫得向後急退。

我心知要糟，若依目前情況，將沒可能奪回先手，如此被清林秀風先手連續攻擊，我將再無還手之力。我忙逆轉體內受清林秀風指勁驅動的真氣，身體憑空漂浮而起，向上飛竄而去，凝立於空中。

清林秀風停止了攻擊，臉上帶著妖媚的笑容，「正陽覺得如何？」

我深深地吸了一口氣，依舊虛立於空中，看著清林秀風緩緩地說道：「秀風這一指是什麼名堂？許某佩服之至！」

「正陽可知道秀風的這功力是在哪裡修煉？」她沒有回答我的問題，反問道。

我微微一愣，腦海中頓時想到了她那真氣中隱含的殺氣，我突然明白了她爲何選擇在這大漠中和我決鬥的原因。

「秀風好心思！想來秀風就是在這片浩瀚大漠中修煉的功夫！嘿嘿，秀風將我邀至此地，原來是早有打算，想借著大漠的風沙之威來戰勝許某，不知許某猜得可對？至於秀風那所謂的心蓮幻殺訣，想來也是從這大漠中領悟，幻殺代表的是大漠中的無情，而心蓮是指秀風任那風沙再大，心中始終保持蓮燈一盞的空明之境！」我笑著說道。

「正陽果然聰明！」清林秀風臉色一變，但是旋即又恢復了平靜，「那麼你我的熱身已經結束了！」她看看遠方的天際，突然笑了，「現在才是我們真正的決戰！」

隨著她的話音一落，我耳邊突然迴響起了陣陣的呼嘯聲，抬眼順著秀風的目光看去，我頓時臉色大變。

遠處黃沙漫天飛舞，沙雲滾滾，似萬座山峰迎面撲來，聲如雷落千丈，分外驚人。對眼前的情景我絲毫不陌生，不由得失聲地喊道：「沙塵暴！」

清林秀風扭頭向我看來，「呵呵，沒有想到正陽也知道這沙塵暴？那就好，讓我們開始吧！」說著，她身體也陡然間凝空虛立，衣帶飄飄間一拳向我擊來。

這一拳緩慢至極，但是我心中頓時生出了無處躲藏的感覺。這一拳凝結了天下間最爲精妙的拳法，一拳擊出的同時，卻幻出千百拳影，秀風在拳影之中如千手觀音，向我飛撲而來。拳影循環不息，生生不絕，如飛花繽紛，呈現出了千般幻妙美景。

我知道這一拳的厲害之處，秀風已經深得圓融三昧，這一拳已經進入了大圓滿的無限循環之境，在我所遇到的高手中，只有當年的蒼雲曾經擊出了如此美妙的一拳！

遠處的風沙越來越近，向我們逼迫而來。但是秀風的一拳依舊在無限的圓融輪轉之中，我明白了，她根本沒有想到過要戰勝我，她是要和我同歸於盡！

我輕聲地說道：「秀風當真好心思！」在漫漫的黃沙之中飛舞盤旋，一拳擊出，聲若奔雷，漫天的黃沙在瞬間被強大的真氣所牽引，頓時發出了尖銳的呼嘯聲向清林秀風暴射而去。

任他滄海橫流，我自砥柱中流，絲毫不理會秀風那無限圓轉的一拳，我古樸一擊。

風沙已經將我和清林秀風兩人的身體淹沒，我們的周身全是滿天的黃色，再也無法看清對手的所在。

砰的一聲巨響，清林秀風的圓滿一拳被我的一拳破去，兩股強絕的真氣在空中交接，那至強至橫的真氣頓時在半空中形成了強大的氣流。我們的身體都被捲入了這無邊的氣流之中，宛如兩隻白鶴一般在漫天的風沙中飛舞。

無法張開眼睛，我們只有憑藉著自己的感覺來尋找對手的所在，就像大海中的孤舟，我們隨風盤旋，在風沙中搏鬥著。每一次的真氣交擊，都會帶起更大的氣流，一個又一個的氣在空中凝結成了一個巨大的漩渦。

我不知道過了多長的時間，只是覺得自己的真氣漸漸有些呆滯，而清林秀風的動作也逐漸緩慢了下來。在不停的搏殺中，我們都感到了有些疲倦，但是沒有人敢放鬆，我們依舊不停地拚殺。

風沙越來越大，我的鼻腔和兩耳中漸漸地都被黃沙灌滿，我知道不能再拖下去了！心中一橫，我大喝一聲：「破天三怒！」

風在狂嚎，黃沙肆虐，漫天的風沙在我發出龐然一擊的時候微微凝滯了，狂沙瞬間凝結空中，向清林秀風的方向急劇收壓，風聲更大。

「心蓮幻殺！」清林秀風也施展了她最後的絕招。我只覺得身體一震，一股強絕的真氣帶著一種陰冷的殺氣震撼著我的心脈。

真氣空中碰撞，相互間的摩擦發出吱吱的聲響，絕大的氣流將我們身邊的風沙向四周逼開。

我口中一口鮮血噴出，無力地向地面跌落而去。

我看到了清林秀風，她也跌落在地面上，就在我不遠的面前，臉上此刻沒有一點的血色。她看著我，突然笑了。

風沙迅速地淹沒了我的雙腿，但是我卻沒有半點力量移動。

「哈哈哈，正陽，你沒有想到吧，你今天竟然會喪生在這無邊的大漠中！」清林秀風狂笑著，突然間，一口鮮血噴出，溫熱的鮮血濺在了我的臉上。

我全身的真氣已經耗盡，看著清林秀風，我突然的笑了，「秀風，這都是妳已經計算好了的，是嗎？呵呵，我也沒有想到，居然會落得如此的局面！其實我們真的需要這樣嗎？妳知道雖然妳的策劃使得我的妻子喪生，但是我還是不會傷害妳半分的！」

「不要說了！」清林秀風的臉色越發蒼白，白得沒有任何的顏色，她看著我，吃力的說道：「我勝利了，但是我也失敗了！我好恨，恨我生不是男兒身！恨我生不逢時！更恨我無窮的野心和欲望！我恨這個世界！」

「秀風！」我似乎感到了什麼，連忙喊道。但是呼嘯的風沙將我的聲音淹沒。

「正陽，我不會向你投降！」黃沙已經將我們及腰淹沒，秀風用盡最後的力量喊出聲來，「我不會死在你的手中！清林秀風只有自己可以殺死自己！」

隨著她的話音一落，我眼前滿天的黃色中突然一道血光沖天崩起，清林秀風用盡自己最後的真氣強行炸開了她的天靈，殷紅的鮮血瞬間將她的臉頰染紅。

「秀風！」我再次大聲地喊道。

她走了，但是到死她也沒有倒下，她的這一生都不會倒下。

黃沙漸漸地將我淹沒，我感到呼吸困難，難道，我真的就要喪生在這無邊的大漠之中嗎？

我失去了知覺。

第十章　天道永恆

「主公，主公醒了！」是丁銳的聲音。

「夫君，夫君……」這是鍾離華的聲音。

「正陽……」這是梁興的聲音。

「阿爸……」思陽，是思陽……

「……」

我漸漸地恢復了神智，身體劇烈的疼痛讓我知道我還活著。扭動僵硬的脖子，我向兩邊看去，只見在我的身邊站滿了人。

「這是怎麼回事？」我疑惑地問道。

「呵呵，正陽，你總算是醒了！」梁興欣慰地笑道。

「皇上，你怎麼還是那個樣子，自己逞強要去決鬥，結果險些葬身在大漠之中。如果不是梁王及時趕到，你……」鍾離華的臉上帶著淚水，哭著說道。

「這是在哪裡？你們怎麼都來了？」我看著他們，心中疑惑無法解釋。

「皇上，你現在是在開元，是在皇宮！」鍾離華笑著說道：「你這一昏迷就是兩個月，你可是把我們都嚇死了！」

「兩個月？」我重複了一遍，沒有想到這一夢竟然有兩個月！想著，我努力的想要坐起，卻發現自己全身沒有半點的力氣，暗中運轉心法，我吃驚的發現丹田內空蕩蕩的，再無半點的真氣。

「正陽不要擔心，你在和清林秀風決戰之時，體內的經脈已經受損，然後在大漠中被風沙淹沒數日，身體已經受到極大的破壞，看來恢復功力是需要一段時間……」梁興輕聲地說道。

又失去功力？我苦笑了，看來我還真是倒楣呀！不過我心中有種感覺，此次恐怕不會那麼容易地恢復功力了。

「清林秀風如何？」我輕聲地問道。我記得她最後自爆天靈而亡，後面的就記不清了。

「我找到了她的屍體，若不是她的那頭秀髮，我恐怕還無法找到你呢！」梁興低聲地說道，「這個女人不簡單呀！所以，我已經安排別人將她安葬在大漠之中了！」

我點點頭，感到無比的疲憊，對著眾人，我緩緩地說道：「好了，朕要休息一下，你們都下去吧！」

房中轉眼間清靜了下來，我仰躺在床上，心中的思緒萬千。這也許是我最後的一次決鬥，我走之前就有了這個感覺！其實我自己明白，梁興的話不過是在安慰我。和清林秀風一戰，我已經竭盡了全力，身體在風沙中被那大漠的殺氣侵蝕，機能已經全毀，我恐怕是沒有太多的時間了！

只是，那個夢境到底是什麼意思？我躺在床上百思不得其解。

昏沉間，我緩緩地進入了夢鄉。

當我再次醒來，天色已經昏暗，房中靜悄悄的。我似乎感到身邊有什麼動靜，扭頭向旁邊一看，只見許傲輕伏在我的榻邊，發出了輕微的鼾聲。

我鼻子一酸，傲兒終於還是原諒了我！在惜月死後，他始終不和我說一句話，每次看到我的時候，也是不理不睬地扭身離開，可是此刻……我掙扎著伸出手去，輕輕地撫摸他那柔軟的烏髮，一種無法形容的暖流在我的心中湧動！

這個孩子從生下來就沒有享受到多少的父愛，我們很少有機會在一起。他出生不久，我就率兵出征飛天，一打就是兩三年，其中只有數次的機會回去，但是也只是匆匆相聚之後就再次離開。我至今還記得當我前往東京，路過開元的時候，傲兒那時候已經懂事，他拉著我的手，就是不想讓我走。但是……

後來我稱帝登基，更是每天忙於政務，沒有多少時間和他在一起。偶爾一起，我也是板著臉對他十分苛責。雖然我希望他能夠成為一個合格的男人，但是卻忘記了他還是一個孩子！從五歲起，他就被我逼著讀書寫字，修煉武功，再大一些，我則對他要求越來越嚴格，到了最後，他看到我就跑。我相信他一定很怕我！

惜月過世的那天，他對我大聲的斥責。其實我應該能夠理解，他還是一個十幾歲的孩子，又懂得什麼？他突然間失去了最疼愛他的母親，然後多年修煉的武功也被廢去，他心中的悲苦我應該明白。可是我卻給他一巴掌，從此，我們之間就有了一道鴻溝。

可是現在，他就趴在我的身邊，但是我也許再也無法給他太多了。

許傲的身體輕輕的一震，他突然醒來，看著我正看著他，激動地低聲叫道：「父皇！」

我笑了笑，「傲兒，怎麼在這裏睡？」

「我和思陽哥哥兩人說好，輪流陪著父皇！」許傲低聲地說道：「思陽哥哥有些累了，所以就先去休息，我在這裏看護您。父皇，你感覺好些了嗎？」

我笑著點點頭，示意我要坐起。許傲連忙扶著我的身體半靠在床榻上，而他則乖乖地坐在我的身邊。

我拉著他的小手，低聲的說道：「傲兒，你還恨父皇嗎？」

許傲低聲的說道：「都是傲兒不懂事，這麼大了一直沒有爲父皇分憂。當日母后去世，父皇心中一定也十分地悲痛，傲兒那個時候還惹您生氣，實在是不應該。」

我欣慰地笑了笑，輕輕地點了點頭，「傲兒明白父皇的苦心，父皇也很安慰。父皇也有錯，從小沒有給你太多的關心，和你的幾個弟妹們相比，父皇對你的關心也一直都不夠！其實父皇也想讓傲兒快快長大，和父皇一起征戰天下，只是操之過急，反而忘記了傲兒還是一個孩子！」

許傲的眼中充滿了淚水，他低聲地叫了一聲父皇，然後撲在我的懷中低聲哭泣。

這個小子不知道他老子我現在身體很差，那麼重的身體撲在我懷裏，讓我感到全身疼痛。但是從小到大，傲兒從來沒有過像今天這樣的舉動，我忍著身體的劇痛，臉上帶著笑容，輕輕地拍打著他的脊背。

「傲兒，不要哭。都是父皇不好，平時委屈你了！男孩子，哭什麼？父皇我在你這個年齡，就開始和別人打架，打得別人到處亂竄，呵呵，就連你梁伯父也被父皇打得到處亂跑！」

「噗哧！」一聲，許傲笑了，他的臉上還帶著淚水，看著我有些感到不好意思。

我低聲地問道：「傲兒告訴父皇，現在的武功練得如何了？」

「思陽哥哥每天用真氣給我舒展經脈，如今傲兒的經脈已經大致好了。只是以前修煉的真氣都已經化為烏有了！」許傲笑著說道，臉上看不出一點的憂愁。

沒有想到這兩個兄弟之間處得這麼好，我不由得欣慰地點點頭。

「不過傲兒不怕，思陽哥哥將他師門的觀星論劍訣和觀潮心法傳授了給我。父皇，你知道嗎，思陽哥哥的觀潮心法幾乎和我們的清虛心經一樣，不過似乎略有變化，威力卻更加強橫。我練了幾個月，感到受益匪淺呀！」許傲笑著說道。

是呀，當然一樣了，思陽的那個師父的啓蒙老師還是你老子我，她怎麼不會這清虛心經？我心中微微一笑，不過，南宮月身兼數家的絕學，除了我傳授給她的清虛心經之外，她更拜在蒼雲的門下，而且，她那個老哥還精通崑崙派的功夫，融三家之長所創的武功，當然是厲害了。

我笑著點點頭，「那傲兒要好好的練習，將來功力恢復了，也好和父皇比試一下，呵呵！」

「傲兒怎麼是父皇的對手？」許傲臉上露出一抹羞澀，但是我從他眼中看出了一種渴望。

「傲兒，這兩天宮中的事務如何？」

「父皇放心，思陽哥哥和梁伯父一起處理的，思陽哥哥真是了不起，連梁伯父都說他處理事情井井有條，呵呵！」許傲毫無心機地笑道。

「哦？」我心中在瞬間升起了一種憂慮，那就是如果我百年之後，那麼誰來接替我的皇位？如果按照能力，思陽是最合適的人選，第一，他的年齡已經快要成人，心智也成熟了；第二，他身後還有南宮月在支持，丁銳對他也是忠心耿耿，不用害怕什麼波折；第三，思陽的心思縝密，而且在舉手投足中已經有了一個帝王的風範，特別是他曾經陪著高正處理國事多年，對於朝廷中的那些勾當也十分清楚，我相信他會是一個好的帝王。但是傲兒怎麼辦？他雖然是次子，但是卻是正宮所出，多年來，朝中的大臣都知道他是正宗的接班人。不像思陽，他的母親我一直無法給她一個合適的安排。

歷代兄弟中因爲皇位而爭得頭破血流的大有人在，而且因爲這個而使得國力衰退的也不在少數。思陽和傲兒都是我心中寶貝，我真的害怕……

想到這裏，我試探地問道：「傲兒，那你爲什麼不去幫助你思陽哥哥處理事情呢？」

許傲連連地搖頭，他笑著說道：「父皇，傲兒看到那些摺子就心煩，呵呵，這種事情還是讓思陽哥哥去費心吧！」

「那如果有一天父皇讓你去處理這些事務怎麼辦？」

許傲的臉上立刻露出苦色，「父皇，不要呀！傲兒自己知道，其實傲兒處理不了那些東西。傲兒的興趣不在這上面，從思陽哥哥來到的那一天，傲兒心中就有了一個想法，那就是如果父皇在百年之後……」說到這裏，許傲知道自己說漏了嘴，立刻打住，看看我的臉色沒有什麼變化，微微地吐了一下舌頭。

我笑了，「傲兒說下去，父皇想聽。」

許傲有些遲疑，但是在我的鼓勵下，終於說道：「傲兒想，如果父皇百年之後，思陽哥哥登上了皇位，傲兒就給思陽哥哥做大將軍，呵呵，領兵打仗，像父皇一樣！」

「若是有人說，你才是皇位的正宗繼承人，鼓勵你去爭奪你思陽哥哥的位子，你怎麼辦？」

「若是有人這樣說的話，那麼必然是心懷叵測，傲兒的想法只有一個字，那就是殺！」

我點了點頭，在這方面，傲兒確實和我很像。我知道他此刻說的是心裏話，即使將來他長大了，有所變化，那個時候想要撼動思陽的位子，也絕不是那麼容易。

只是我還是擔心，擔心思陽！如果有一天傲兒真的如我想的那樣，思陽又會怎麼處理？想到這裏，我的心不由得又沉了下來。

更過五鼓，許傲突然說道：「父皇，思陽哥哥要來了，兒臣先退下了！」說著他就要離開。我擺手示意他留下，我很想讓他也聽聽思陽的答案，至少這樣會給他一個震懾。

果然，沒過一會兒，門外傳來一陣腳步聲，我示意傲兒躲在我的榻後。思陽悄悄地走進了屋中，看到我醒了，他連忙走到我的面前，關切地說道：「阿爸，你怎麼坐起來了，爲什麼不多休息一會兒？」

我笑著示意他坐在我的身邊，我看著他那張略帶著倦意的臉龐，心中不由得一陣心疼。想了想，我輕聲地問道：「思陽，阿爸有件事情想要問你，你要老實回答！」

看著我嚴肅的神情，思陽也收起了笑容，他正色說道：「阿爸請說，思陽一定如實回答。」

「阿爸想，有一天等阿爸走了，讓你來坐這皇位，你可願意？」

「阿爸，你爲何如此說，你的身體會好的，你不要瞎想！」思陽立刻急急地說道。

「回答阿爸的問題！」

思陽沉默了，好半天，他低聲地說道：「阿爸，思陽是一個沒有身分的皇子，其實能夠和阿爸在一起，思陽已經十分的滿足了！傲兄弟是皇后的長子，本來就應該由他來繼承皇位，思陽不願意爲了這些事情傷了我們兄弟的和氣，所以思陽不願意……」

「那你想怎麼樣？」我又問道。

「思陽想幫助傲兄弟好好地治理國家。帝國連年的征戰，百姓已經不堪重負，所以思陽要努力爲百姓謀利，讓帝國永久，要傲兄弟做一個千古的明君！只有這樣，才不會辜負阿爸對思陽的厚愛和對傲兄弟的期望！」

「若是阿爸讓你做這皇位，你會怎麼對你的兄弟呢？」

思陽聞聽一愣，「這……阿爸，我從來沒有想過！」

我笑了笑，「那麼，如果傲兒有一天和你爭奪皇位，你會怎麼對他？」

「思陽會將皇位讓給傲兄弟，然後回到東海，永世不涉足中土一步。這樣，我們永遠都會是兄弟！」思陽堅定地說道，他沒有半點的猶豫，我知道他的話是發自內心！

「傲兒，出來吧！」我低聲地說道。

許傲滿臉的淚水，從我的身後走出，他來到了思陽的面前，拉著思陽的手，叫了一聲，「哥哥！」

我點點頭，看著眼前的兩個兄弟，和聲的說道：

「思陽，傲兒，今天我要你們在我面前發誓，用我和你梁伯父的方式起誓，不論將來這皇位我傳給誰，你們記住，你們永遠是兄弟，你們只有互相信任，互相友愛，才能夠讓我們的帝國長久！」

兩人撲通跪在了我的面前，用銀刀將手心割破，兩人的手握在一起，大聲說道：

「皇天在上，今日許思陽和許傲在父皇面前發誓，此生將彼此信任，互相幫助，絕不背叛！若有違背，則天打雷劈，永世不得輪迴！」

我笑著點點頭，示意他們站起來。兩人站在我的面前，相視一笑。

這個時候，我突然想起當初我和梁興在大漠時候的情景，那個時候的我們，和他們多麼的相像。

天一亮，我立刻讓內侍召梁興前來。

沒有太長的時間，梁興匆匆的來到了我的房中。我看著梁興突然笑了，笑得他有些迷茫。

「阿陽，你笑什麼？」

「大哥，你已經有白頭髮了！呵呵，我們都已經老了……」

梁興沉默了。

我定了定神，緩聲的說道：「大哥，我想趁著現在趕快把太子冊立，以免將來夜長夢多！」

「阿陽，你胡說什麼？」梁興的臉色大變，他看著我憂急地說道，「你還不到四十，沒有事情立什麼太子？」

我呵呵的笑了，「大哥，你不用騙我，我自己的身體自己明白，和清林秀風一戰我是苦勝，之後在大漠數日，我的身體機能已經完全被破壞。如今我不過是在勉強支撐……太子之事必須要儘快解決，不然將會引發帝國的又一場動盪！大哥，我一生中沒有什麼朋友，如果說有，那就是你，你要答應我，無論如何，不要讓我們親手打下來的江山被毀了！」我懇切地說道。

梁興點了點頭，他看了看我，「阿陽心中是否已經有了人選？」

我點點頭，對梁興說道：「大哥看思陽如何？」

「嗯，這些日子我也一直在觀察思陽，他的確是個好料子！心思縝密，處理事情老到，連鍾離和張燕兩人都表示佩服！」梁興讚賞地說道。

我笑了，「那麼就是思陽了！過兩日選一個好日子，就把這個事情解決了吧！」

「還有一件事情，若是將來有人威脅到了思陽的帝位，那麼就請大哥將他們斬殺！思陽跟隨小月時間長，難免有些婦人之仁，這件事情還是交給大哥你來做！」

「你是說……」梁興的臉上一驚。

我點點頭，輕聲地說道：「不錯，包括我的那些孩子！若是他們有任何人露出謀反跡象，那麼就請大哥代我實行家法！」

梁興艱難地點了點頭。

我心中的一塊大石頓時放下，整個人輕鬆了許多。閉上眼睛，我對梁興說道：「那麼大哥你就去辦理這件事情吧，我累了，想休息了！」

梁興躬身退下。

我躺在床上，閉上了眼睛，漸漸的進入了夢鄉。

炎黃曆一四七六年九月，在一個黃道吉日下，思陽太子冊立大典如期舉行了。那一天，我終於走下了病榻，在鍾離華的扶持下來到了典禮之上，親手爲思陽加冕。

大典之後，我的身體突然間好像好了許多，不但可以下地走路，甚至可以在御花園中走上一段路。宮中的人都說是我洪福齊天，思陽的太子典禮沖去了我身上的晦氣。其實我自己心裏明白，這不過是一種迴光返照，我身體的機能已經完全毀壞，又怎麼可能那麼容易就好起來了?呵呵，自欺欺人罷了!

之後的一個月裏，我每天和我的孩子們在一起，思陽奉命代理國事，所以沒有太多的時間陪在我的身邊。不過有鍾離華和傲兒，還有他的那些弟弟妹妹們陪著我，我已經很高興了。我這一生很少有這樣的機會和自己的親人一起，所以在我生命中最後的時間裏，我格外珍惜這種親情。

思陽遍尋天下名醫，希望能夠將我救治好。呵呵，其實說起來也是我自己自作自受，當年我爲了除去高飛在開元的耳目，將華清一家滅掉。如果他還在，或許還可以延長我的生命，但是……

一切都是命中注定，我誰也不怪!想當年當我踏上了這條不歸之路的時候，我已經做好了死的準備。而且上天已經很厚待我了，如今我已經打下了一個龐大的帝國。看著傲兒帶著他的兄弟們在花園中玩耍，我心中總是有一種說不出的溫馨，也許生活就應該是這樣。我這輩子拼殺不停，難得安寧，可是如今，這份安寧讓我感到無比幸福。

輕輕地摟著身邊的鍾離華，她也依偎在我的懷抱中。我一直都對不起她，當年我和她結爲了夫婦，然後長年征戰在外，也很少和她一起。惜月和小雨死後，我心中滿是復仇的殺機，更少和她一起享受片刻的溫馨，如今我終於可以補償她了。

「小華，妳怪不怪我？」我看著她依舊嬌媚的臉頰，突然問道。

鍾離華一愣，她看著我笑了，「夫君，能夠嫁給你，小華已經是幸福的女人了！」

我不由得笑了起來，卻在笑聲中身體一顫，一種莫名的戰慄。我以爲是天氣的原因，也就沒有理會，只是將鍾離華摟得更緊。

「父皇，你看……」

不知道爲什麼，我似乎無法聽清孩子們的話語，而且自己的神智似乎脫離了身體，我感到一陣昡暈，眼前的景色突然變得那樣模糊。

「父皇……」

許傲的聲音在我耳邊響起。我想開口回答，但是似乎卻怎麼也發不出聲音。

鍾離華已經發現了我的異狀，此刻我的臉色極爲灰白，好像完全沒有了生氣。

「夫君……」鍾離華憂急地喊道。

我努力想要笑出來，但是嘴角動了動，身體無力地癱倒在鍾離華的懷中。

我病了，在睡夢中被無數的鬼魂騷擾，使得我一刻也得不到安寧。我的身體越來越差，幾乎已經無法再起床，我知道，我的大限將要到來。

我心中不甘，但是卻無法抗拒死亡的到來。值得欣慰的是，在我倒在病榻上的時候，我的大哥，我的妻子，我的孩子都陪在我的身邊。我已經不應該有什麼要求了！

我的整個神智已經昏迷了。突然間，一股清流流轉我的全身，我感到了一種從未有過的舒暢。那清流帶著禪意的韻味，緩緩的在我的全身流轉不息，我那死寂依舊的真氣在這股清流的帶動下，似乎漸漸有了感應。

我緩緩地睜開了眼睛，再次看到我的親人都圍繞在我的身邊，就連遠在青州的陸非和黃夢傑也趕了回來，他們看到我睜開了眼睛，不由得同時爆發出一陣歡呼的聲音。但是我沒有理睬他們，因爲我的目光已經被一個坐在我身邊的老僧吸引。

「阿彌陀佛，陛下還記得老僧嗎？」老和尚臉上帶著祥和的笑容，看著我高宣了一聲佛號。

眼前的老僧年齡看上去在六旬左右，滿臉的紅光，頷下的鬍鬚輕輕飄動，帶著一種道骨仙風。他坐在我的身邊，全身似乎散發著一種無盡的佛光，在這種佛光的籠罩下，我感到我的身體在瞬間充滿了生機。

「您是明亮大師！」我突然認出了這個老僧。他就是在十幾年前我未發一招卻已經敗北的臥佛寺住持。

「阿彌陀佛，陛下好記性！呵呵，當年你我匆匆一面，沒有想到如今你還記得老衲。」明亮大師笑著對我說道。

我疑惑地看著梁興。

梁興馬上明白了我的意思，他向我解釋道：

「皇上，是這樣的，三日前你陷入昏迷，完全沒有了知覺。宮中的太醫都已經束手無策。這位大師卻突然出現在我的府邸中，在我毫無知覺的情況下來到了我的面前。他告訴我，他可以救治皇上，當時我們已經沒有了主意，皇后卻說似乎聽秋雨娘娘說過這位大師。我就不敢懈怠，請大師來爲皇上救治！」

我肅然拱手，「多謝大師千里之遙前來救治正陽，正陽不勝感激！」

明亮大師卻只是微微一笑，「皇上奈何橋上走了一遭，不知有何感覺？」

看著明亮大師那充滿睿智的面孔，我突然明白了，說道：

「多謝大師的指點，正陽明白了！正陽一生殺孽深重，如今心中已經瞭然。世間一切不過一場空幻，雙手搶抓，卻到頭兩空！我殺人，人雖無法殺我，但是天卻可以殺，因果的循環本就是注定，正陽願一死償還身前的罪孽！」

「呵呵，陛下果然有慧根，既然循環因果，正陽在奈何橋前走了一遭，也算是償還了往日過錯。呵呵，那正陽還在等什麼？」說著，明亮大師突然伸手擊在我的病處。

一口鮮血噴出，血色暗紅，我的真氣豁然運轉自如。屋中的眾人都是武學的高手，他們明白明亮大師這一掌是將我體內的暗疾徹底逼出，只是我們剛才的話語卻讓他們無法理解。

我走下了床榻，跪在了大師的面前，一句話也不說。大師笑了笑，他伸出手來在我的頭頂輕撫，我的頭髮在瞬間脫落。

大師站了起來，逕自向屋外走去。我緩緩地跟在他的身後。

「阿陽！」梁興第一個出聲喊道，他突然明白了我們剛才所說的那些話。

我扭過頭來，看著梁興，微微的笑道：「大哥，正陽一生殺孽深重，雲霧山一把火。呵呵，我這一生，死在我手中的人無數，如今得大師的指點，應該爲往日的罪孽贖罪！」說完，我轉身向外走去。

「夫君！」

「父皇！」

「……」

一連串的呼喊聲響起，我身體微微一顫，卻沒有停住腳步。

「正陽，你要走，大哥不攔你，但求你記得我們當年的大漠血誓，大哥等著你的消息！」梁興突然喊道。

我身體一震，再次回轉過身體，眼前的眾人眼中都帶著淚水，他們都是我的親人，可是我再也沒有親人。

我再次向他們躬身一禮，心中再無半點的留戀，飄然跟隨大師向宮外逝去！身後一連串的呼喊聲在我的耳邊迴響。

我閉著眼睛，心中如同一潭死水般的平靜！三十年了，我等待了足足有三十年，當我從恩師的手中接過了他的衣缽之後，我就已經明白了這一天終究會到來。爲了這一天，我整整準備了三十年！

自從四十年前的一戰之後，我被恩師以無上的法力將我從奈何橋邊拉了回來，我就在等待著這一天的到來。

其實，我還是可以繼續等待下去，但是我的身體告訴我，我已經沒有太多的時間了！如果我不能夠儘快地邁出這一步，那麼我將永遠也無法探求到我畢生追尋的真理。

但是，就是這最後的一步，我必須要依靠他的力量。我們曾經一起征戰，他是我最親的兄弟，我瞭解他，就像瞭解我自己一樣。在這個世界上，沒有人能夠像他那樣對我毫無保留地付出，也只有他，才能夠幫助我邁出這最爲關鍵的一步！

飛瀑在我的身邊發出轟鳴，但是我卻從那轟鳴中，聽到了那漂浮在空中的水霧在對我輕語。我體會到了生命中的無常，就是在這飛瀑之下，我枯坐了三十年的時光，等待的就是這一刻的來臨！

突然間，我感受到了身邊的空氣產生了輕微的波動，那波動之微小，幾乎讓人無法察覺，但是我依然清晰地感受到了，是他來了！我感到了他的氣息。

驟然間，我體內的真氣在無聲中發出，一股可以吞噬天地的龐大氣場瞬間籠罩在峰頂。就在我真氣發出的那一刻，整個人也隨之與整個天地融爲了一體！

一個黑衣人緩步地走上了山頂，他的步伐緩慢至極，但是每一步都沉穩從容。有些花白的頭髮，微微有些黝黑的面龐，更顯出了一種可以將天地吞噬的氣勢。他就是我已經等待多年的大哥，有著和我同樣的凶名夜叉王——梁興！雖然他步伐邁動頻率很慢，但是身體卻猶如幽靈一般瞬間來到了我的面前。

看到他，我的心中不由得一陣狂喜。他的面孔十分平靜，但是我依然可以看出他心中的激動。因爲他的眼睛，在平和中閃過了熱烈的光芒。

他看著我，嘴角微微地顫動了兩下，沉聲的說道：「阿陽，四十年了，已經有四十年沒有和你見面了。沒有想到四十年過去了，你的相貌沒有一點的變化，依舊是那樣的年輕！」

我微微一笑，輕聲的說道：「大哥，四十年不見了，你也同樣精神容光煥發。」

他點了點頭，看著我沒有再說話。但是從他的眼中，我看到無比的關懷，這種關懷是發自於內心的，沒有半點的虛假。

過了好半天，我終於開口問道：「小華好嗎？」

「皇后千歲在五年前已經過世了！」他低聲說道。

小華已經過世了！我聽到了這個消息，心中不由得閃過一絲愧疚。我低下了頭，又是半天沒有開口。

「千歲過世之時，一直在念叨著你的名字。聖上和我也曾經動用了舉國的力量來尋找你，但是卻沒有你半點的消息。阿陽，小華是帶著遺憾離開的！」他語氣中帶著些許責備，看著我十分不滿地說。

我沒有反駁，在我的心中，也許永遠都會對小華有著如此的一種牽掛和愧疚。但是當我聽到了她過世後，不知爲什麼，我除了有些內疚之外，心中更有一種說不出的輕鬆。

「嫂子好嗎？」

「阿蘭嗎？呵呵，她也已經過世多年了！當年跟隨我們的老人，如今只有你我還在世上。」他的話語中絲毫不見半點悲傷，語氣中更有一絲歡愉。

我看著他平靜的面龐，心中突然對他產生了無比的敬佩。沒有想到我苦坐三十年的悟禪，卻沒有他這樣的灑脫。

我沒有再問下去，而是過了好久才開口說道：「哦，都走了！這四十年來，我一直在這裏枯坐，對於外面的世界都不聞不問。沒有想到……思陽可好？」

「他是一個好皇帝！」梁興沉聲地說道：「在位三十年來，帝國風調雨順，百姓衣食無憂。呵呵，他不像你，他不喜歡殺戮，在很多方面，他倒是更像他的師父！而傲兒也很爭氣，他和我家的那個傻小子，一起捍衛著帝國的安全，現在，他們兩個都是帝國的兵馬元帥。還有非兒，他憑藉著那無上的凶名，竟然將東瀛一地治理得十分得好。十年前他辭去了東瀛王的職位，如今每天在家中參佛，這一點上，呵呵，他倒真的是你的徒弟！」

我聞聽不由得笑了。「那麼你呢？」

「我？呵呵，我現在什麼都不是。我家的那個傻小子已經繼承了我的王位，這些年來我確實是輕鬆了不少，每天在家裏養養花草。對了，烈焰和飛紅的兒子也已經長大了，不過一直沒有配偶。我想也許再過些年，牠們真的就要在炎黃大陸上絕種了！」梁興對我說著這些我已經幾乎遺忘了的事情，聽著他的訴說，我的臉上也不由得露出了笑容。

我長長地出了一口氣，輕聲地說道：「這樣就好，呵呵，這樣我的心中就再也沒有什麼牽掛了！」說著，我輕輕的向前移動了一步，就在我邁出這一步的同時，身後的飛瀑似乎也隨著我的氣機而向前抖動。

就在我跨出這一步的同時，梁興突然間變得十分凝重，他低聲地說道，「阿陽，記得你走的那天，我曾經說過的話嗎？」

我點了點頭，周身的氣機在瞬間消逝。

「當我接到你的信時，我知道我盼望的這一天終於來到了！我們在這些年來，都在爲同一個目標前進，只不過你我選擇的道路不同，現在，就讓我們一起來邁出這最後的一步吧！」就在他說出這句話的同時，我突然感到失去了他的氣機，在這一刻，他已融入天道和自然裏，與天心冥合，他就是宇宙，宇宙便是他，貫通天地人三才之隔，再不是任何常法能理解的。

身後的飛瀑在一瞬間似乎凝滯了，震耳的響聲突然消失不見。我笑了，只有這樣的修爲，才能夠和我一起領略無上的武道，參透渺茫的天機。

「那麼大哥，就讓我來見識一下你這四十年來的成就吧！」在笑聲中，我身體突然幻化成數道身影，向他飛撲而去。

看著我飛撲而上的身影，梁興的臉上沒有露出半點驚慌之色，雙手在胸前掐訣，他身體猶如巍然不動的雄山，腳步向前輕輕地邁出，這一步邁得好生的緩慢，但卻讓我的心神不由得微微一顫。

我只感到一種無法形容的奇異力量立即把他攫個正著。那不是一般的真氣或動力，其感覺更像置身茫茫怒海裏，除了巨浪的可怕感覺外，整個人便像被封鎖在一個永遠不能脫身出去的力場內。

一種從未有過的感覺自我的身體向外蔓延出來，我的精神，我的身體，我的真氣，都在瞬間達到了一個從來沒有過的顛峰狀態，我爲了今天的這一戰，足足等待了三十年，所追求的就是這最後的一戰！飛瀑依舊激落，水霧依舊漂浮，山頂的一切依然如故，而在這一刻，我的整個靈魂與飛瀑合一，與山川相融，與天地一體！

我的身體突然間加速，真氣與空氣摩擦發出了尖銳的厲嘯，這厲嘯聲充塞山頂，配合著我身後的飛瀑激流，氣勁如波浪般起伏衝擊，朝梁興落在地面的右腳擊去，那就是他力場的源頭！

梁興臉上顯現出一抹微笑，身體挪移三步，但事實上，他仍以微妙手法在掌控力場的核心，假如我改向他有形的實體攻來，那他無形的實體可以立即要了我的性命。

倘若我命中力場的中心，便與直接擊中他並沒有分別，他不能不還手擋架，因為雙方的氣機感應已鎖緊在一起。

他發出一陣長笑。我擊出的一拳離他只有三尺，梁興往右閃去，力場終於出現變化，隨他而轉移。而我的攻勢也隨之改向，如影隨形的追去。眼看就要擊中，力場倏地消失得無影無蹤，梁興已從我的上空翻往我背後兩丈許處，迅如鬼魅狡若靈猴。

如此可以把真氣在瞬間取消，我也沒有想到他竟然會有這樣的招式。頓時一劍刺空，更沒法隨感應繼續追擊。我站立在那裏，靜靜地看著梁興，突然間開口問道：「觀止心訣？」

梁興點了點頭。

我再次笑了，這是我第一次見識到了他的觀止心訣，雖然在這之前，我曾經多次聽到這個名字，但是真正和這觀止心訣交手，卻還是第一次。

「阿陽，你剛才的動手讓我吃驚！按說以你我的年齡，根本無法再使用如此迅猛的招式。老不以筋骨爲能，但是從你剛才的攻擊來看，你的身體依然保持在一個顛峰狀態，換句話說，你的身體和你的年齡完全不相符合！」

我抬起頭，伸出手來，任清涼的水霧飄落在我的手心，「載營魄抱一，能無離？專氣致柔，能嬰兒乎？大哥，這三十年來，我一直潛心的修煉，爲了這一天的到來，我三十年來沒有離開過三疊峰！每一天，我都坐在這飛瀑前，讓我的精神在萬丈激流中與天地融合。大哥，你知道嗎？在這三十年裏，我每一年的呼吸不會超過一百五十萬次！」

「什麼！」梁興聽了我話，頓時露出了吃驚的神色，他看著我，就好像看著一個怪物一樣，過了好半天才低聲地說道：「一個尋常人一天的呼吸是十萬次，你一年只有一百五十萬次，那就是說，這三十年，對你來說，不過只有短短的一年多的時間？」

我點了點頭，沒有出聲。

「真的是越來越有意思了！」他喃喃自語。

「好了，大哥，我們都已經爲這一天準備了許多的時候，我知道，你沒有丟下你的功夫！」我說著，抬頭仰望天空中自由漂浮的白雲，沉聲的說道：「當年你我和蒼雲一戰，真正的窺探到了無上的天道，今天就讓我們再做最後的一擊，我知道，這是你想要的，也是我想要的！」

梁興點了點頭，全身衣衫被我發出的氣勁激盪得飛揚起來，頭頂上空的水氣凝結成型，繞著他急轉起來，情景詭異之極。

梁興大喝一聲，身體在原地飛快地旋轉，身體的周圍呈現出了無數的拳影，顯出了七彩的光芒。一股粗若數丈的龍捲風原地飛起，梁興如同掌控這旋風的神靈，他踏著洶湧的狂風，向外飛撲而來，拳影在空中連接成了一個網，向我籠罩而來！

不住地提升功力，在他身體周圍，氣勁逐漸形成一個巨大的風暴。三十年來，他是第一次全力而爲，這世上唯一和我齊名的梁興的一擊，我惟有全力相抗，才能達到我一生中的完美追求。

雖然我面對足以天崩地裂的攻勢，我無一遺漏地看清楚梁興每一個細微的動作，乃至每一次呼吸間的變化。

水霧在空中不斷地凝結，幾乎已經無法讓人看清楚身前三尺的事物，那飛落的激流似乎也感受到了什麼，發出了震天的巨響。梁興整個人裹進了在自己功力催動下形成的氣勁風暴中，風暴突然轉成了呼嘯的旋風，他的人被拋向天空，至最高點後，再倒衝而下，他雙拳出擊，直轟向我。

就是這毫無花巧的一拳，卻顯盡了天地微妙的變化，貫通了天地間的精華。

「轟隆隆」一聲巨響，將飛瀑激流的聲音淹沒。我憑藉著敏銳的靈覺，在萬千的拳影之中，準確地尋找到了他那致命的一拳！

在巨響聲中，如長龍一般的飛瀑激流，瞬間化爲無數的水花，在我們的頭頂處消逝。飛濺的水花如同天雨一般將我們的身體籠罩。

我們兩人發出氣勁四處擴散，如怒浪拍岸而來，將身邊的飛瀑激流擊打得向四周飛散，瀑布的水勢似乎被一股天地間神秘的力量所凝固！

我的手抓著梁興的右拳，而我的右拳則又被梁興緊緊地握住，真氣在我們的身體內循環不息，我感到自己的真氣在不斷地和梁興的真氣融合，我們的精神似乎要脫出了我們的身體，我的心中突然有了一種想要歌唱的衝動。

梁興的臉上也帶著微笑，他此刻和我的感覺一定相同，我們都在那一瞬間，進入了一種最爲暢快的玄奧之境，這種感覺無法言表，我知道我們成功了！

一道粗獷的閃電如此詭異地從天空中直劈而下，在中途又分做兩道電芒降臨蒼茫大地，這天與地相連的虛空像是裂開一道大縫。就在此刻，我和梁興同時鬆開了手臂，我們張開雙臂，仰天長嘯，雙目饑渴地望向天空。

雙拳再次擊出，我迎著閃電飛身撲去，梁興幾乎是在同一時間做出了同樣的動作。我們的身體凌空而起，身邊的水霧在天空中豔陽的照耀下，閃爍著七彩的光芒。當數丈之高，一道電芒劈在我的身體上，高壓的電流，把我全身的力量爆發了出來，我整個人置身於電光之中，在漫天風雨的虛空上，望之如雷神下降。

梁興大笑著，筆直地往另一道電芒投去，在虛空中和電芒交會，在天地間打了回轉，一拳筆直地向我擊來，速度和威力已無任何言語可以表達。

我的雙臂之上，此刻光芒盛顯，水霧打在他身上之前，就已全被震散，遠望去就如雨水是從我身上激射而出，宛如箭雨一般。我所立之處，氣勢籠罩數丈範圍，無人能進。

兩股聚集了大自然無上威力的力量在空中再次交會，在一聲驚天動地的轟鳴聲中，已經凝滯的飛瀑突然間擺脫了天地的道理，向天空中飛射而來。

我笑著，以極其灑脫的姿勢，手臂之間亦形成一道強烈的光芒，電一般射向梁興，而梁興的腳下踩著水浪，好像水中的天神一般笑著迎向我。天地之間，彷彿再無顧忌的電閃雷鳴，虛空中千百道電光激打而下，震破了虛空，使人睜不開眼來。

在電光流轉、水霧環繞的光環之中，我的精神突然一片空白，一連串詭異的圖出現在我面前，在虛空之中，我整個人的精神與萬化冥合，重歸自然，我終於明白了所有的一切！

我看到梁興的臉上也露出了同樣的笑容，我們的雙手不知在何時緊緊的握在了一起，心中再也沒有半點牽掛，腳下的水流翻滾，但是那又如何?在這一刻，我和梁興同時達到天人合一的境界。數十年修爲至此，才真正地昇華至巔峰，心靈再無任何阻攔。

我感到自身的精神肉體已與宇宙合爲一體，在遁入一個生生不息的循環中，我感受不到自身的存在，因爲精神可以隨心所欲地往來於空中任一角落。

我拉著梁興的手，我們相視大笑著，張臂相抱，發出了出自天性的大喊：

「修羅、夜叉，本就是爲了戰鬥而存在，神聖的神呀，我們回來了！」

天際電光交閃不已，飛騰的瀑布在電光中又回歸了平常。

而我，在經歷了無數的殺戮之後，將會開始另一個新的旅程！

《全書完》

天下炎黃 卷6 炎黃天下（原名：炎黃戰神傳說）

作者：無極
出版者：風雲時代出版股份有限公司
出版所：風雲時代出版股份有限公司
地址：105台北市民生東路五段178號7樓之3
風雲書網：http://www.eastbooks.com.tw
官方部落格：http://eastbooks.pixnet.net/blog
Facebook：http://www.facebook.com/h7560949
信箱：h7560949@ms15.hinet.net
郵撥帳號：12043291
服務專線：(02)27560949
傳真專線：(02)27653799
執行主編：朱墨菲
美術編輯：許惠芳

法律顧問：永然法律事務所 李永然律師
北辰著作權事務所 蕭雄淋律師

版權授權：蔡雷平
初版日期：2013年10月
初版二刷：2013年10月20日
ISBN：978-986-5803-18-6

總 經 銷：成信文化事業股份有限公司
地　　址：新北市新店區中正路四維巷二弄2號4樓
電　　話：(02)2219-2080

行政院新聞局局版台業字第3595號 營利事業統一編號22759935

定價：280元　特價：199 元

國家圖書館出版品預行編目資料

天下炎黃 ／ 無極著. -- 初版-- 臺北市：風雲時代，
2013.07 -- 冊；公分

ISBN 978-986-5803-18-6（第6冊；平裝）

857.7　　102012853